从悬疑深入现实

裸网

一个网络刑警的追凶手记

刘星辰 著

台海出版社

图书在版编目（CIP）数据

裸网：一个网络刑警的追凶手记 / 刘星辰著.
北京：台海出版社, 2024.12. -- ISBN 978-7-5168
-4046-7

Ⅰ. I247.5

中国国家版本馆CIP数据核字第2024AT6556号

裸网：一个网络刑警的追凶手记

著　　者：刘星辰	
责任编辑：王　萍	策划编辑：宋文倩　官维屏
版式设计：李　一	封面设计：介末设计

出版发行：台海出版社
地　　址：北京市东城区景山东街20号　　邮政编码：100009
电　　话：010-64041652（发行、邮购）
传　　真：010-84045799（总编室）
网　　址：www.taimeng.org.cn/thcbs/default.htm
E - mail：thcbs@126.com

经　　销：全国各地新华书店
印　　刷：北京中科印刷有限公司

本书如有破损、缺页、装订错误，请与本社联系调换

开　　本：710毫米×1000毫米	1/16
字　　数：200千字	印　　张：15
版　　次：2024年12月第1版	印　　次：2024年12月第1次印刷
书　　号：ISBN 978-7-5168-4046-7	

定　　价：52.00元

版权所有　翻印必究

目录

001
电脑杀人案：每次杀人前都给警察发消息的黑客　　1

002
被害前的最后三个小时，凶手要求她一直看着摄像头　　31

003
炒币客坠楼案：人死后指纹还能解锁手机吗?　　49

004
AI 换脸：爱发朋友圈的女孩，成为"小电影"的主角　　63

005
真假女主播，靠 AI 技术物色绑架目标　　81

006
炒股诈骗群，成员 60 人 58 个托　　　　　　　　101

007
流水上亿的洗钱窝点：喝口水的功夫，钱就不见了　　115

008
坠亡的极限运动者，几天后在视频网站和网友互动　　129

009
相亲杀猪盘：骗子的爱情笔记　　　　　　　　　　147

010
跳海自杀的人，第二天出现在网络直播里　　　　　163

011
三分钟被骗 120 万元，连视频聊天也能换脸造假　　181

012
一天诈骗上百人,缅北团伙人手一本"实操手册"   197

013
网络挖坟:他用死者 QQ 空间的照片赚了大钱   215

后 记   231

001

电脑杀人案：每次杀人前都给警察发消息的黑客

手机的提示灯一闪一闪，我急忙将手机拿起来，发现是收到了一条短信。短信的发送号码以 1069 开头，这种信息往往是第三方短信平台为企业商家群发的，大多是广告或者推销，我本来不想看。

但手机屏幕显示出了短信的内容，那短短六个字让我瞬间清醒：有人要被杀了。

长达一年多的专案组工作终于结束了，全组三十四人，除了留下两名同事负责配合检察院审查起诉和处理一些琐碎收尾工作，其余人在今天就彻底与"3·18专案组"告别了。我也将回到自己的原单位，北连市西城分局刑侦大队重案一中队。

吃完散伙饭，天已经快黑了，我开着车不自觉地回到了分局门口，抬头发现办公室的灯还亮着，心想，难道又发案了？我下车上楼，推门而入，办公室空无一人。一年多没回来，和其他堆满文件的办公桌相比，我那空荡荡的办公桌竟然锃光瓦亮，用手一摸，还有点湿，显然刚被人擦拭过。

我以为是有人走时忘记关灯，刚要关灯离开，门口人影一晃，一个人走了进来，看到我后愣了一下，问道："你怎么回来了？专案组不是明天才解散吗？"

来的人是赵雷，刑侦大队长，今年刚五十，在刑侦战线干了二十五年，三年前转调到我们西城分局。由于过去一年多的时间我都待在专案组，所以和他接触的次数并不多。他手里拿着抹布，显然刚才是在帮我擦桌子。

我说："今天提前解散了，我看时间还早，就回来看看。"

我伸手去接抹布，赵大回了句不用，然后将抹布一折，整齐地放在窗台边。他找了把椅子坐下，冲着我笑了笑："专案组的工作怎么样？累不累？这一年多应该学到了不少东西吧？"

在专案组工作期间我立了两个功，全局都知道，听他这么问，我还有点不好意思，便答道："还行吧，和之前在重案队干的活不太一样，但也大同小异。"

"听说你在那儿干得不错，好几个领导都想把你留下，我还怕你练就一身武艺不回来了，不过你小子够意思，心里还装着大队。"

赵大掏出一包烟，拿出一根刚想递给我，又收住，他点上塞进自己嘴里，然后把剩下的一包烟甩给我。我摆了摆手，把这包烟又退了回去，赵大问："还没学会抽烟？你这样可不行呀。熬夜不抽烟，案子没法办；抽烟不熬夜，疑犯没法审。"

"你可拉倒吧，熬夜抽烟掉头发，我可不能像你那样。"

赵大是个光头，据说年轻时发量还不错，后来常年熬夜，发际线越来越高，都快到头顶了，干脆一不做二不休，自己剃了个干净。

赵大的语气明显有点急了："我这是谢顶，岁数大了都这样，和抽烟没关系，你可别乱说。再说了，'头顶清净思路清晰'，你要是遇到破不了的案子就去把头发剃光，肯定一下子就有思路了。"

"那咱们干脆叫马旦（东北话，光头的意思）大队得了。"

赵大平时没什么架子，还喜欢和大家聊天打趣，和谁说话都是一副样子，和他在一起完全感觉不到领导的那种严肃态度，反而更像是与师父长辈聊天。

但聊天归聊天，说到正事他可是一点都不含糊，赵大知道专案组工作不易，让我先好好休息几天，缓一缓精神，临走前又嘱咐说："手机必须保持二十四小时畅通，一旦晚上有事，你现在可是主力。"

重案队晚上有事都是大事。现在很多恶性案件没有任何可预测性，完全是一种随机的状态，听到这话我有点揪心，心里默念，难道刚回来就能遇上案子？这未免有点太离谱了吧。

我问赵大："上一次发案是什么时候？"

"两个月前，胜利街的那起故意杀人案，当晚就把人抓住了。"

我俩都沉默了，两个月时间说长不长，说短不短，从发案的频率来看，下一起案件似乎已经近在咫尺了。

我又问："上起案件是哪个队办的？"

重案队一共有三个队，除去其他各类案件不表，突发性的命案从来都是三个队轮流上，假如今天发案是重案一队侦办，那么接下来再发案就轮到二队，再往后便是三队，相当于我们可以轮空两次休息一下。当然这是理想的状态，早些年曾经一周发生四起命案，把我们累得脚后跟直打后脑勺。

赵大说："上次是重案三队，再发案就轮到你们了。"

我心里咯噔一下，但还是哈哈大笑："大队长，咱们这行越怕事越来事，人民公安为人民，危难险峻见真章，咱们不怕它来，就怕它不来。"

赵大咧嘴说："行，看你这精神头我就放心了，赶紧回家吧，没什么事就在家多休息几天。"

告别赵大，我从单位回到家。专案组的工作结束后，身心放松，虽然困意不浓，但躺在床上，整个人迷迷糊糊就睡过去了。

感觉刚睡了没多久，就被"叮"的手机铃声惊醒，睁眼一看，才晚上十一点。手机的提示灯一闪一闪，我急忙将手机拿起来，发现是收到了一条短信。

短信的发送号码以1069开头，我松了一口气，这种信息往往是第三方短信平台为企业商家群发的，大多是广告或者推销，我本来不想看。但手机屏幕显示出了短信的内容，那短短六个字让我瞬间清醒：有人要被杀了。

我从床上坐起来，盯着这条短信读了好几遍，确定自己没眼花。发送号码来自第三方平台，这类短信都是群发的，接到信息的人肯定不止我自己。觉是没法睡了，这条短信就像一根针一样刺在我身上，让我彻底精神了。

第三方平台群发短信是有严格限制的，对象也是特定的接收群体，不能随意乱发。这类短信的接收群体往往是和商家有过针对性联系的，比如你曾在商家那里留下过手机号码，之后会有对应的短信例如促销广告、订单通知，通过平台发送给你。发布的内容要通过审核，并不是推广宣传的商家想发什么就发什么，像这种示警声称有人被杀的信息，只要平台看见了肯定会联系商家，不可能直接发出来。

这条短信不正常！

难道是我自己的手机号码的问题？我用的号是我们单位集体办理的集团号（集团号是企业或组织内部使用的一种便捷通信服务，方便成员之间相互联系），从这儿推算，难道这条群发短信的目标是警察？我赶忙拿起电话，给黄哥打了过去。

遇事不决问黄哥，这是我刚参警时，黄哥告诉我的话。转眼十年过去了，我已经能独当一面，可遇到难题第一个想起来的人还是他。

黄哥这时大概已经睡了，电话响了许久才接起来，他开口便问："哪儿出事了？"

我把自己收到短信的事说给他听，黄哥说让我稍等一下，他要翻一翻手机。没一会儿，他告诉我他没收到这条短信。

我问黄哥怎么办，黄哥反问我："还能怎么办？这条短信一共就六个字，其他信息一概没有，我们能上哪儿找去？就算想查也得第二天去找第三方短信发送平台，靠他们追查这条短信的来源。"

现在我什么也做不了。挂断电话后我琢磨了一下，黄哥没收到这条短信就说明发送目标可能并不是我们公安局。这时手机又震了一下，显示收到一条新消息。我急忙点开一看，短信的发送号码也是以 1069 开头，这次是五个字:"要杀张松木。"

这次发送号码的后面几位数字有变动,这个号码是平台根据商户进行配置的,同一个商户在一段时间内只有一个对应号码,两次发送信息的间隔短暂,号码不应该发生改变,这说明发送者用了另一个商户的号码。

事情这下严重了,短信中明明白白写出了被杀者的姓名,无论真假我都不能坐视不理。想了想,我决定给赵大打个电话。

电话响了一声,赵大就接了,我把收到短信的事情和他说了。赵大沉默了一会儿,思考片刻,问道:"你的手机号码都留给谁了?会不会是有人大半夜和你开玩笑?"

我说:"我手机里光通讯录中就有五六百个人,平时调查取证都会留手机号码,再说这是第三方平台发的短信,有我手机号码的人完全可以直接给我打电话。"

赵大又想了想,说:"就算是开玩笑咱也不能不管。张松木,咱们市叫这个名的人多吗?"

我说只能去单位查,或者是让单位值班的人查一下。

赵大说:"这事可不能轻视,既然是你收到的短信,不如你亲自去一趟把这个事落实清楚。"

我答了声好,刚想挂电话,赵大又补了一句:"这是第三方短信平台发的信息,想追查源头肯定得找网警帮忙,不如现在就联系网警的人一起协查。"

赵大告诉我今天网警值班的人是麦sir,让我和他联系,他给网警大队长去了个电话,介绍情况后要求两个部门协作,不论短信真假,先尽快把这个张松木找出来。

麦sir是我的大学同学,在学校时读的是网络技术安全专业,毕业后由于技术人才紧缺，被抽调到市局痕迹检验科干了三年，之后才回到网警大队，除了网络侦查技术了得，也是痕迹检验的一把好手。

网警和刑警分工不同，刑法里分得很清楚，涉及第285、286、287条法规（有关计算机信息系统安全方面的条款）的案件归他们管，而我甚至连这三条相关的罪名都没记住，两个大队向来很少有交集，没想到今天有机会协作。给麦sir打电话时，他还没睡，听我说完，他觉得事情挺严重，立刻帮我查询信息。

网警有自己的信息研判平台，麦sir很快便把北连市叫张松木的人都找了出来，一共有五个人：一个老人，一个小孩，两个学生和一个中年人。

这个中年人是重点，可他的个人信息很简单，是某设计公司的职员，孩子七岁，住在石道口，没有任何前科记录，连车辆违章都没有，怎么会有人想对这种老实巴交的人下手呢？

我和麦sir商量，稳妥起见，还是先去他家看看，问清楚是怎么回事，说不定在外面有什么仇人或者是债务纠纷。

凌晨一点，我俩赶到张松木家门口，把他从睡梦中敲醒。张松木见到我们时一脸茫然，听我们说完事情的原委，更是不知所措。张松木说，别说仇人，他平时都没和别人红过脸，日常生活中既无债务也无恩怨。

我和麦sir没办法，只好继续去找剩下的四个人。老人已经卧床多年，两个学生每天两点一线，最后上幼儿园的小孩更不用多说，我们大半夜敲门，孩子的父母十分不满，差点就要投诉我。

等我们找完五个人，已经是早晨五点十分，正是人睡得香的时候。天已经快亮了，我给赵大发了条短信，告诉他我和五个张松木都见了面，他们的人身安全都没问题。

事情妥当后，我才感到困倦，回家倒头便睡，直到被手机铃声吵醒，一看是赵大打来的电话,这时已经是下午两点半了。

我迷迷糊糊地接起电话,长长地喊了一声喂,以为他要问问昨晚的详细情况,可电话里赵大的语气明显十分严肃:"别睡了,现在赶紧来大队。"

"怎么了?"

"发案了,死了一个人,叫张松木!"

如同天灵盖被人狠敲了一棒子,我顿时觉得脑袋晕乎乎的,半天才缓过来。赶往大队的路上我才知道,这个"张松木"并不是我们找了一晚的张松木,他的名字是张嵩慕,两者读音相同。

发短信的人可能真的是在提醒我们。遗憾的是,因为短信内容有误,想靠谐音名去找一个人基本不可能,可对我来说失去了一个挽救生命的机会,让我不由得有些上火。行至半途,我决定不回队里,转道直奔现场。我想看看这个人是如何被害的。

张嵩慕死在自己的办公室,华信大厦 505 房间。我到的时候尸体已经被搬走,但屋子还保持着原貌,技术中队的人在屋里一寸一寸地检查。看到我来了,技术中队的喜哥显得有点意外,告诉我现在全队的人都在局里开会。

我把收到短信的事情和他说了,喜哥也觉得事出诡异。他告诉我,从现场的情况来分析,张嵩慕应该是在自己的办公室内被炸死的,爆炸的是一台电脑,但目前来看不像是他杀。

要说做饭时煤气罐爆炸,洗澡时热水器爆炸,甚至烧水的电水壶爆炸我都能理解,至少也看过相关的新闻报道,可这电脑爆炸,我是连想都想象不出来的。

喜哥说他也没遇到过这种事,可是从现场看确实如此。他为我拿来一双鞋套和一双手套,带我来到办公室门前。

办公室的门是玻璃材质的,已经碎了一地,屋里更是一片狼藉,一眼就能看到被炸得裂开的办公桌，有一半断裂倒在地上，剩下的部分靠着仅剩的三条桌腿勉强支撑着，摇摇欲坠，地上满是血迹，显然死者流了很多血。屋里到处都是散落的电脑零件，整个电脑已经被炸得七零八落，能看得出最大的一块碎片来自电脑机箱，大约有两个巴掌那么大。

办公椅上有血迹，后面的墙上也溅了一些。喜哥告诉我张嵩慕就是死在椅子上的，他的身上有多处创口，在其中几处创口内发现了电脑零件的碎片。

我问喜哥，电脑爆炸的威力能有多大？喜哥说电脑是不会爆炸的，最多是电源着火，从现场的情况看，电脑主机里应该被安装了爆炸物，但从爆炸的程度看不至于能把人炸死，具体还得等法医鉴定。

我本想找到一些关于张嵩慕死亡的线索，或者从他的办公室里找到一些有关死因的蛛丝马迹，但眼前的情形完全出乎我的意料，我在这儿什么也做不了，满地的血和四处散落的电脑零件，这种现场轮不到我进去班门弄斧。

这时赵大又给我打来电话，问我到哪儿了，我告诉他在现场。他一听便急了，埋怨我跑过去是给技术队捣乱，要我赶紧回大队，所有人都等着听我昨晚的经历。

回到大队时，麦sir也在。看他睡眼惺忪的样子，估计和我一样，也是刚被叫过来。一进屋，所有人都盯着我，赵大的眼珠子都快蹦出来了，上来一把将我的手机夺过去，把那两条短信翻出来看了半天，转头问我知不知道短信是谁发给我的，又补充说，让我好好想想，是不是我认识死者身边的朋友，所以才会有人给我发短信。

黄哥这时拿着一份名单过来，上面登记着张嵩慕公司的所有员工。这让我顿时压力倍增，只能绞尽脑汁回忆，可我想不出来一点有用的信息。

最后还是麦sir帮我解了围，他向大家介绍，短信的发送号码以1069开头，此类号码都是来自第三方短信平台，这种发送方式按量来收费，正常来说不会单独给某个人发一条短信，每次都是成百上千条一起发送，所以收到这条短信的人应该不止我一个，我们可以去找其他收到短信的人来分析一下共同点，也可以直接去平台查……没等麦sir把话说完，赵大直接打断道："直接去平台查！现在就去查！"

专业的事情要由专业的人来做，网警是电子物证查取的专家。麦sir说："取证需要两个人，再派个人配合我一起去。"

赵大头转头看向黄哥，一个眼神黄哥便会意。他几乎和麦sir同时起身，两人一起离开了会议室。赵大继续安排工作，他把整个大队分成几组，让大家围绕张嵩慕的个人关系网展开调查，只要是最近与张嵩慕有过联系的，不漏一人，全部进行询问。

虽然法医的结论还没出，但赵大似乎已经认定，张嵩慕的死不是意外。

大家纷纷离开，各自去做自己的工作。会议室里只剩下我和狐狸。狐狸与黄哥年龄相仿，最早在同一侦查单位工作。狐狸负责管理外汇贩子，那时候外汇还不能随意兑换，有人专门做这门生意，属于投机倒把。干这行的都是人精，狐狸与他们斗争多年练就了一个灵活多变的脑瓜。后来该侦查单位撤销，狐狸调到重案队，很多案件都是靠他另辟蹊径才侦破的，然而办案走捷径也常常会出现纰漏，为此也闹了不少笑话，赵大对他是又爱又恨。

赵大给狐狸布置了一个任务，就是帮我回忆这段时间接触到的人和事。我被当成了破案的重点。

狐狸帮着我一点点回忆：

专案组一直是封闭办公，直到上周解封我才可以回家。从我走出专案组基地大门开始算起，到现在一共只有五天，我接触过的人，用两只手就能数得过来。

第一天晚上，我与朋友们一起吃饭，大家都是公安系统的人员，他们没收到过短信,饭店不是我订的,电话信息肯定也没泄露。

第二天和第三天,因为案件需要整理卷宗移诉,我们所有人都在专案组基地加班,连门都没出。

第四天下午,我离开专案组,回家拿电脑去电子城换显卡。之前因为工作太忙,一直没时间换,导致几个最新的电脑游戏都没法玩。店主是我的高中同学,这人肯定没问题,换好显卡后我就回家了。

第五天中午,专案组的散伙饭一直吃到傍晚,我回到大队时天都黑了,与赵大闲聊后回家睡觉。

我把自己的轨迹详细地写了出来,没发现有什么异常,而且我清楚记得这五天之内肯定没暴露过自己的手机号码,也没把手机号码给过任何人。

一转眼到了晚上六点,我连上厕所用了几张纸都想起来了,可案件还是毫无进展。赵大急得脑门不停冒汗,时不时过来催促一遍,连狐狸都有些不耐烦了。这时麦 sir 回来了,他那边有进展,这才将监工似的赵大的注意力转移过去,我俩终于可以喘口气。

麦 sir 去电信部门调查 1069 开头的号码的短信发送记录,可一查发现那两个号码没有给我发送过短信。

听完赵大更着急了,眼瞅天黑了局长要问案件进展,现在去汇报百分之百要挨训。

赵大追问麦 sir:"短信还能查不出来历吗?"

麦 sir 肯定地回答:"电信部门肯定是没有这两个号码的发送记录。"

赵大说:"那会不会是有人把记录删除了?"

麦 sir 答:"我检查了平台服务器的日志,如果有人修改删除也会有记录。"

赵大问:"会不会有那种技术高超的……那个什么来着?黑客,对,电脑黑客，他们操纵平台发送短信然后再消除痕迹。"

麦 sir 说："不可能，电信公司的防火墙可不是一般黑客能攻入的，况且服务器和运营平台是分开的，各自都有备份。"

赵大虽然是老刑侦出身，但并没有受老思路局限，他的破案思维很广阔，尽管对信息技术了解不多，但把自己了解范围内的问题都提了出来，这已经很厉害了。然而网络技术安全专业出身的麦 sir 也不客气，将赵大的假设一条一条否定，把他驳斥得哑口无言。赵大恼羞成怒，一拍桌子说："我让你把短信来历查明白，你在这和我抬杠有意思吗？没查明白你回来干什么？"

麦 sir 不紧不慢地说："电信公司那边没记录，当时人家就提出这个号码可能进行过伪装，短信是真实发送过的，既然从发送号码那里查不出头绪，咱们还可以从接收号码这里查。"

赵大一下子就明白了："你不早说！那你不赶紧去查回来干吗？快去查一下刘星辰手机上这两条信息是从哪儿发来的。"

麦 sir 说："查手机短信需要正规手续，我回来拿材料。"

短信的发送号码在手机上显示时虽然可以伪装，但服务器的后台信息流做不了假，真正的发送号码电信公司肯定有记录。号码伪装是一个比较常用的手段，有的运营服务商能提供这种服务，还有人利用代发短信的网站将自己的号码隐藏或者改变，目的都是不让自己的号码被发现，伪装的号码相当于一个不存在的假号，如果收件人按照假号回拨过去也会提示号码打不通。

麦 sir 很快就查到了发送短信的原始号码，是一个普通手机号，在发送时依靠软件做了伪装处理，然后使用电脑发送短信，所以才显示为 1069 开头的号码。这种软件可不是随随便便能买到的，能接触到这种软件的人都是掌握一定电脑技术的人，也就是赵大所说的黑客。

拨开云雾见天明,赵大熬了一天此刻一下精神了:"这个手机号码是谁的?立刻把人找出来!"

麦sir说:"这个号码不实名,是从卡贩子手里买的话费卡。"

市面上曾流通过一批话费卡,这种卡不实名,三十元一张,里面含一百元话费,只是流量费用极高,有不少销售人员专门买这种卡打电话,用完就扔掉。

赵大急着说:"那就把卡贩子找出来,让他使劲想买卡的人是谁,必须找出来!"

麦sir继续说:"卡的来路已经查出来了,是前天下午在奥林电子城31号摊位开的卡。"

所有人的目光都转向了我。前天下午,我正好去了奥林电子城找同学帮忙给电脑换显卡。

大伙神情各异地看着我,让我有点发蒙。我收到了预警短信,还去了奥林电子城,发信息的手机号码的开卡时间,与我在奥林电子城的时间正好重合,这肯定不是巧合。

会议室里静悄悄的,气氛似乎有些尴尬。赵大递给我一杯咖啡,说:"来来来,先喝口咖啡提提神,精神一下。星辰啊,你仔仔细细地想一想,你在电子城都与谁接触过?"

我没多做思考便回答起这段我已经回忆了无数次的经历:"我到电子城后直接去找朋友严斌,当时店里只有他一个人,店铺位置是67B,因为之前我已经和他约好,也提前选好了要换的显卡,就直接带着电脑去了电子城,到了店铺就换卡。整个过程中我一直在他店铺里站着,他一边干活一边和我闲聊,最后换完试了下没什么问题我就走了,全程大约半个小时。"

赵大问:"你和他都聊什么了?"

"什么都聊,问问他的买卖怎么样,忙不忙。他告诉我最近在用电脑挖矿,还说这玩意儿特别费显卡,又给我讲了讲挖矿的事情,还问我这段时间怎么一直没动静。我说有个案子忙了快一年……"

赵大赶忙追问:"你俩在聊天的时候,周围有没有人,我的意思是会不会是有人听到你俩说话,从而知道你是警察。"

我仔细一想,摇了摇头。现在去电子城的人越来越少,尤其是卖电脑的摊位,一下午都遇不到几个客人。如果有人站在旁边,我肯定能觉察到,但在我的印象里,周围一直没有人。

难道是旁边的摊主?但电子城的摊主怎么知道张嵩慕会被害?他们相互之间可是一点联系都没有……想到这儿,我脑袋里突然一激灵,张嵩慕是被电脑炸死的,从这点考虑,他的死确实可能与电子城产生关联。

这时黄哥问:"星辰,你想一想,在给你装电脑的时候,有没有其他人去你朋友的摊位买东西而且正好能听到你们聊天?"

我想起了一些新细节。在我们聊天时,曾有两个人来选过摄像头,当时严斌正帮我装电脑,随意应付了几句,见其中一个人挑挑选选,似乎有要买的意思,这才起身招待,可这人东拉西扯问了一通,还试了几个摄像头,最终也没买。可我清楚地记得,我和严斌聊天过程中并没有透露过自己的电话号码。

赵大说:"行了,咱们也别瞎猜了,电子城肯定有监控,等开门后多去几个人把监控查一下,看看是谁买的手机卡,再把选摄像头的那俩人的轨迹也看一看。麦sir陪着你一块去吧,万一涉及电子物证,这块他比较了解。你也顺便找找你朋友,让他帮着回忆一下。"

这一夜我几乎没睡,满脑子都在回忆电子城换显卡的过程,同时有关案件的消息不停地传来。

法医的尸检结果出来了，张嵩慕的死因是锐器穿刺失血过多。他身上有多处创口，造成死亡的是颈部动脉被锐器割裂；同时，他的身上、面部和胸前都有灼烧痕迹。因此推断他是被爆炸产生的冲击波弄晕，同时颈部动脉破裂失血过多，最终死亡。

他真的是因为电脑爆炸而死的。

根据我们的调查，张嵩慕死时，公司只有他一个人，爆炸是怎么发生的谁也不知道。第一个发现张嵩慕死亡的人还是巡警，是同楼层其他公司的人先听到了一声脆响，然后顺声查看，发现张嵩慕公司的玻璃门碎了一地，这才报警。

技术中队也完成了现场勘验，在散落的电脑零部件中均发现了火药残留，提取分析发现是烟火药，即制作鞭炮使用的特殊火药。这种火药有一定的威力，但不至于把人炸死。真正致死的还是将张嵩慕动脉割破的两块碎片，是电脑硬盘的磁碟，黑色，边缘锋利，整个电脑配件中也只有这个东西具有杀伤力。

重案队侦办过的命案死因五花八门，从我参加工作到现在见过的也不少了，可被电脑炸裂开的碎片割破颈部动脉失血而死，别说我，连在重案队干了半辈子的同事也没遇到过。

能给电脑做手脚的人大概率是公司的内部人员。大队其他几组人将张嵩慕的个人关系已经摸排了一遍，张嵩慕的人际关系并不复杂，联系电话也不多，对一个公司负责人来说似乎不太合理，而在对他的公司进行调查后我们发现了一些让人疑惑的地方。

张嵩慕的公司是一家投资理财公司，是他与一个叫曹飞的人合伙开的。大队其中一组人找到了曹飞，曹飞告诉我们这个经营场所是他提供的，但他一般不参与公司经营，张嵩慕负责管理业务。

曹飞自己也有一笔钱交给公司进行投资，每个月张嵩慕都会给他分红，这个分红的收入要远超过办公室的租金。

这家投资理财公司的主要业务是做股票和基金的投资，曹飞对公司的运作并不了解。公司一共有七名员工，我们把这些人找来挨个询问过了。

这七名员工都表示公司的经营状况不错，收益很好，不少投资获益的人纷纷带着朋友来找张嵩慕想增加投资，但张嵩慕总是拒绝，偶尔同意也是有限度地增加持仓金额。七名员工不约而同表示，张嵩慕为人小心谨慎，在嘴边念叨最多的话就是"不能赔钱"。

员工介绍说张嵩慕是使用软件来炒股，利用软件可以跟随庄家布局，也可以集中优质散户的力量"打游资"，也就是汇聚一定规模的资金来进行短期投资。提及此，员工们语气骄傲，他们说以前炒股都是靠自己分析，顶多有证券公司的经理帮忙出谋划策，但那些人也都是被大户当枪使，股市炒的就是这些散兵游勇，现在靠软件把这些人团结起来，树大根深，对方就不能"割韭菜"了，找准机会还能从庄家身上咬下一块肉。

根据员工的介绍，张嵩慕一般布局半个月见到利润就收手，从来不贪大。有些时候，员工都替他着急。公司虽然盈利，但利润也只是比银行发售的基金高一点。

问到这里我们都觉察出了异样。这些员工在公司只负责对接客户，平时出门跑跑业务，那个神奇的炒股软件他们从没有单独使用过，偶尔进行操作，还都是在张嵩慕的指示下使用电脑登录进行的。

现在张嵩慕死了，这些奇怪的地方都成了围绕在张嵩慕死因周围的疑点。至此我们都觉得张嵩慕的死也许与公司有直接关联，得先把公司的经营情况查清楚，于是赵大联系了分局经侦大队的人来帮忙调查。

经侦大队全称经济犯罪侦查大队，与刑侦大队一样，是公安业务部门中的一个警种，主要负责经济违法犯罪。查账他们是专业的，最近经侦大队还搞了一个专项打击行动，打击目标就是以种类繁多的投资理财手段进行诈骗的皮包公司，张嵩慕的公司正好对口。

直到天亮我才迷糊了一会儿，不到九点就被喊醒了。电子城九点营业，刚开门我们便进去了，队里其他人去追查监控，麦sir陪着我去找严斌。

电子城里卖的东西五花八门，只要是和电子产品有关的，在这里都能买到。这时的电子城里面空荡荡的，大多数店铺都没开摊，严斌见我带了一个人来，还以为是介绍来买东西，上来便问买什么这么着急，起了个大早来店里。

我将事情简单说了一遍，严斌听完吓了一跳。他说那天我走后，再没人来店里买过东西，没过多久他便关店回家了。

我俩前前后后想了许久，最可疑的还是那两个来买摄像头的人。严斌记得很清楚，那俩人来时我正在和他讲最近办的案子，他说当时我说话声音很大，那两个人肯定能听见，而且知道我是警察。我和严斌分析了半天，几乎把当天的对话还原了一遍也没有想起曾提到过电话号码的情况。

麦sir提议别光想着对话，还原一下当时的情形。我和严斌随即演示起那天的操作流程，我把机箱递进去，严斌放在桌上拆解，装配，这时出现两个人挑摄像头。过了会儿严斌发现这俩人还没走，才起身招呼。接着这俩人要求试摄像头，严斌便将摄像头接到电脑上。

严斌的店铺里有两台显示器，一台在装配电脑的工作台上，专门用于测试电脑硬件；另一台在柜台前，屏幕向外，面向顾客，专门用来测试各种配件，比如麦克风、摄像头。

严斌起身时这俩人一人拿着摄像头看，另一人心不在焉地到处张望。拿摄像头的人指着工作台的电脑问严斌在换什么部件，严斌说在给电脑换显卡。这人又问是什么型号的显卡，严斌说完后，这人提出自己操作柜台的电脑试摄像头。严斌把键盘递给他后，就继续帮我摆弄电脑。

又过了会儿，那人说不买了，把摄像头放回去就走了。

看着桌上摆成一排的摄像头，麦sir继续问这俩人走后摄像头的摆放位置，严斌将摄像头按照那天的位置重新摆放，这一摆就发现了问题。正常情况下售卖的摄像头正对着过道，录到的视频直接反映在电脑屏幕上，以此让顾客直观地感受到镜头分辨率。按理说这人看完后也应该将摄像头放回原来的位置，可他把摄像头掉转了方向，让摄像头朝向了柜台里面。

麦sir又将摄像头轻轻挪动了一下角度，让它正对着工作台上的电脑屏幕，向严斌问道："你仔细想想是不是这样？"

严斌点头："对，就是这个角度，当时我还想他为什么要把摄像头对着电脑屏幕。"

麦sir又问我："你换的那款显卡安装后需要激活，你是不是在电脑上输入自己的手机号码激活的？"

我顿时反应过来了，我换的显卡被锁定算力了。近几年利用显卡的计算性能进行挖矿的现象很普遍，为了防止显卡被恶意使用，厂商会将显卡的计算性能锁定在一个范围内。如果想提高功率，需要与电脑主机进行匹配认证，在认证过程中需要输入手机号码获取激活短信，然后填写验证码。严斌帮我装好显卡后直接做了认证激活，他知道我的手机号码，所以不用问便直接在电脑上进行输入，然后我在一旁告诉他收到的短信验证码。

全程我们没有提及手机号码中的任何一个数字，但这个号码是完完整整地显示在电脑屏幕上的！而摄像头又正对着电脑屏幕。这个摄像头的分辨率极高，电脑屏幕上的手机号码自然被拍得一清二楚。

麦sir让严斌把柜台上的电脑打开，从兜里掏出一枚U盘插在上面。我看到里面有几个没见过的软件，麦sir逐一打开操作一番后，最后鼠标停在空荡荡的回收站界面上，软件弹出一个对话框，显示当前进程检索到的源文件数量为零。

麦sir一脸严肃："这小子水平不一般，恐怕比我厉害得多。"

我说："你什么意思？干网警这么多年越干越回去了？犯罪分子要是比咱们强，那咱们岂不是成了耍枪的，他们成在台子上唱戏的了？"

麦sir说："你不懂，网络技术这东西，厉害就是厉害，水平高就是高。这玩意儿靠技术不是靠热血，你一腔热血全喷屏幕上也没用。"

我依然不服："那你说说现在到底是怎么回事？"

麦sir唉了一声："你别不服，我通过下载记录查到他在电脑上装了一个Redmin，这是一个外国的远程控制软件，可我在电脑里没发现任何有关这个软件运行进程和储存的记录，说明他已经把对端即远程控制端的操作痕迹都删除了。我现在只能根据现场的情形推测，他先把摄像头对着工作台的电脑屏幕，用柜台的电脑记录下输入手机号码时的画面，这就变成了一段录像存储在这台电脑中。然后他靠远程控制软件在对端连接到这台电脑，将录像拷贝后获取了你的手机号码，最后再将这些操作痕迹都删除掉，就只留下了一个无法删除的下载记录。"

我问："他删除对端信息就无法追踪了？"

麦sir点了点头回答："对，能在这么短时间内想到并进行这些操作，这应该是一名专业黑客。"

我也懂点电脑基本知识，听到麦sir称他为专业黑客，就知道这人要高出我们一个段位。我说："行了，他把痕迹删除得再干净又能如何？他还能让自己从现实中隐形不成？"

麦sir说："对，现在咱们又不是非得靠网络去抓他，他是一个活生生的人。"

他在这里出现过，在现实中追踪一个人可是我们的强项。追监控的同事很快把电子城的视频梳理出来，录像显示买摄像头的这两人离开严斌的铺子后，又去了其他几个摊位，最终在D11号买了两个摄像头才离开。

耐人寻味的是，在监控里，这两人只有一人露了正脸，那个掉转摄像头的人自始至终都是侧脸面向镜头，他利用灵活走动和站位避开了电子城中的所有监控。

麦sir说，现在市面上的摄像头都配置了云存储功能，只要对方使用摄像头连接到云端上传录像就会留下痕迹，通过这个就能找到摄像头的IP地址，进而锁定这两个人的位置。他准备从这两个人购买的摄像头入手去调查。

这次刑侦大队和网警大队携手查案，一个靠侦查摸排追监控，另一个靠摄像头的云存储信息查位置。双管齐下。我对麦sir说："咱俩比一比，看看谁先把人找到。"

我原本设想案件嫌疑人都是慌不择路，就算是规划过路线也会一路留下踪迹，可是这两人很谨慎，首先他们走出电子城后没乘坐任何交通工具，一直靠两条腿步行，这样我们只能靠沿途监控去追。其次他俩专挑小路走，沿途很少有监控，有限的几个路边店铺的监控也拍不着身影，一下子就把我们追查的范围扩大了好几倍。

在追踪了不到一个小时的监控后，最终两个人的身影从所有监控视频中消失了，人跟丢了。幸好电子城的录像捕捉到了其中一人的正脸，我们可以做人脸比对，可这种比对更费时间，还不一定能确定身份。

比试是小，破案是大。我急忙给麦sir打电话问他那边的情况，没想到与我这边一样，摄像头根本没使用过云存储，甚至连Wi-Fi都没连接过，无法追查到任何信息。

麦sir说这人要么把摄像头的序列号刷掉了,相当于抹去了设备曾在网络上出现的记录,要么就是直接插网线使用,把它变成了一个不需要注册的硬件设备。

不过麦sir最后还是查出了一点有用的信息,他找到了修改发送短信的号码的软件,在我收到短信的这个时间段,后台日志显示软件服务器被攻击篡改过,根据攻击路径发现,对方使用了一款叫THH破解密码的软件。这名黑客直接使用破解工具来操作软件修改号码,麦sir说这是名高端黑客。

大队召开案情研讨会,因为对方手段太高明,我们只能从案件本身出发,按照以往侦查惯例,先弄清楚对方的目的是什么。我们把电子城的录像看了好几遍,我与黑客肯定是偶遇,他恰好发现我是警察,然后才临时决定向我发出预警信息。

反复看录像时,我们注意到黑客身边的另一个人,与其寸步不离,目光一直盯着他。在观看了电子城的所有监控后,我们越发觉得这人比黑客更可疑,他像是一个监视者,紧紧地盯住黑客。

狐狸提出一种可能:"这人会不会是专门盯着黑客的?而黑客是偶然发现刘星辰是警察,才临时萌生了报信的想法。"

我们觉得狐狸的推断有道理,从监控上看黑客一直被人紧盯着,他一连走了好几个摊位也没买东西,直到路过严斌的摊位时才停下来。我们分析这时他应该是听到了我与严斌的聊天内容,知道我是警察,这才故意留在摊位找机会。得知我要更换显卡,他知道换显卡需要用手机号码激活,于是迅速安装软件,将摄像头摆好后离开,再通过技术将电脑中的视频录像取走,就这样拿到了我的手机号码,给我发了短信。

两个人在电子城穿梭时,黑客不停地转头,显然是为了避开沿途所有监控。

但另一个人却没有那么做，他完全不在乎周围的监控，黑客也没有提醒他，两个人看上去是结伴同行却一路无话，这种貌合神离的表现更说明了这两个人有问题。

好不容易查出的线索就像是沉入水中的细沙，转眼便消失不见。赵大听完汇报先去拿血压计，一边测量血压一边反复问我们为什么有监控还能把人追丢，两个大活人怎么可能在城市里消失了。

麦sir解释说："这名黑客对电子物件有极强的敏感性，说不定他早就摸清了监控摄像头的位置，甚至离开的路线也是早就选好的，目的就是避开沿途监控。"

赵大的血压轻松突破一百五，他抓了一把药正犹豫要不要往嘴里塞，这时经侦大队的人来了，他们发现了新问题，张嵩慕公司的账上没有钱。之前会计所说的炒股基金根本不存在，整个公司就是一个空壳，连员工每个月的工资都是在发薪日前一天才会入账。但是不久前公司的账户中出现了一笔可疑的巨额资金。一听到钱有流向我们又觉得有戏，赵大也把药从嘴边拿开，紧紧地攥在手里认真听经侦大队的人汇报。

经侦大队的人说这笔巨额资金的流向并不好查，虽然从资金源头追踪到了一家公司，可是进一步调查发现这笔钱并非一次性转入张嵩慕公司的，而是分布式入账，即在短时间内从上百个账户向张嵩慕的公司转入了千万元级的资金，被追踪到的这家公司是一个空头公司，法人代表、负责人都是挂名的。从出账即资金流出方向去查，发现张嵩慕用这笔钱购买了网络服务。

我一听便问："什么网络服务要上千万元？"

麦sir说："这个网络服务费是个幌子，据我所知网络服务费是交易网络加密货币的代称，咱们国家不支持网络加密货币交易，很多人在购买网络加密货币时都会用购买网络服务的名义来支付。"

赵大问经侦大队的人："你们能查到这些钱购买什么网络服务了吗？"

经侦大队的人摇摇头说："这些钱最终都支付到了境外，对方的公司也是境外注册的。"

麦sir说："这就对了，网络加密货币要靠交易所才能进行买卖，几乎所有的交易所服务器都在境外，钱汇出去肯定用于购买网络加密货币。"

张嵩慕购买了价值上千万元的网络加密货币！这让我们不禁联想到，现在有不少人因炒网络加密货币失败导致倾家荡产而自杀的新闻。

麦sir继续说："现在因炒币自杀的人有两种，一种是自己加杠杆失败还不起钱，还有一种是替别人炒币失败也还不起钱，但张嵩慕是哪一种咱们还不清楚，我想去现场查一下。"

赵大点了点头，在炒币与黑客这两个线索出现后，张嵩慕的死因有了新的突破口。

之前我们的注意力都在张嵩慕身上，并没有对他公司的账目进行仔细核查，现在经侦大队提出公司都有问题，赵大立刻安排人对公司重新进行调查，尤其是公司的电脑。麦sir参与案件调查后没去过现场，他一直对电脑爆炸的原因很感兴趣，麦sir本来就是现场勘验出身，趁着这次机会亲自操刀重新勘验。

公安机关的警种部门多达十几个，每个警种都有自己擅长的方向，在面对一些专业性强的犯罪案件时，专业警种就是对症下药。经侦大队的介入让整个案件侦查思路开始转变。

谁也没想到几个小时后，事情翻转得有点太快了，几乎刷新了我们的认知。

麦sir来电话说，他确定张嵩慕是被谋杀的。

这通电话接完，赵大把一直攥在手里的降压药一股脑全放进嘴里，然后带着我们直奔现场。路上我们问赵大是怎么回事他不说，只说自己想象不出案发过程，更没法向我们复述，等到现场一齐听麦sir讲解。

之前技术中队已经确定了张嵩慕是被电脑爆炸产生的碎片割破了颈动脉，看起来似乎是一起意外事件，而麦sir告诉我们，电脑是在黑客的操控下爆炸的，这正好印证了我收到的短信提示，只有制造死亡的人才会预知死亡。

等大家都到齐，麦sir向我们解释他的侦查结论。起初麦sir从公司的电脑开始检查，他发现所有电脑中的软件都消失了，连文件夹都被清空，八台电脑仿佛重装了系统，桌面干干净净空无一物。

再仔细一查，麦sir发现八台电脑的系统被恢复成出厂设置，幸好DOS系统下的工作日志还在，显示这八台电脑是在张嵩慕遇害当天下午两点半被同时进行了系统还原。显然，有人想消除电脑里的东西，隐藏他们真实的目的。

这些投资业务都是假的，电脑上的数据也是假的，连公司的员工都被骗了。真正知道资金下落的只有张嵩慕，可现在张嵩慕死了。

在这一连串的因果关系下，张嵩慕的死变成了一个蓄谋已久的阴谋。

接着麦sir开始检查张嵩慕的办公室，虽然电脑因爆炸损毁严重，但是还能分辨出硬件设施，麦sir发现张嵩慕这台电脑的配置很高，从处理器到显卡都是时下的最新款，却使用了老式的机械硬盘。麦sir找遍屋子也没看到硬盘外壳，连一丝外壳碎片都没有。

这就很不对劲。

机械硬盘的工作原理是一叠磁盘在磁头下反复读写，在读写的时候磁盘会高速旋转，如果硬盘没有外壳，在超频读写的高负荷状态下，就会损坏磁盘。条件再极端一点，比如固定磁盘的主轴出现问题，那么磁盘就会有很小的概率飞出来，像飞盘一样。

如果一块正常的硬盘出现这种问题，磁盘会向四面八方飞出，可如果硬盘被人动过手脚，就能让磁盘朝一个方向飞。一块机械硬盘一般有五到七张磁盘，一口气同时飞出，足以致命。

可即使是黑客，也只能操控电脑软件，无法干预硬盘这一类硬件。麦 sir 接下来又发现了一个疑点，这台电脑的电源也有问题：变压器的功率无法满足电脑的能耗需求，长时间使用后，就会出现发热的情况，而发热会使电脑内部的硬件发生变化。

听到这儿大家已经明白了七七八八，赵大问道："你的意思是电脑里面的火药爆炸是为了让磁盘飞出去把张嵩慕的颈动脉割破，对不对？"

麦 sir 点了点头，拿起了机械硬盘的底壳。底壳呈现出一个光滑的弯曲弧度，喜哥认定是爆炸时炸弯了，麦 sir 却不这样认为，他说机械硬盘没有外壳，爆炸会使底壳的某个部位产生变形，但不会出现这么圆润的弧度，这肯定是故意做成这样的，目的就是让里面的磁盘能够朝一个方向飞射出去。

赵大点了点头："行，我明白了。现在死因虽然是清楚了，可这都是咱们的分析，没有实物证据。你这块铁板子能当证据用吗？"

麦 sir 说："不能。咱们现在这个结论拿到检察院那里，人家是不会认可的。"

大家心里都清楚，定罪量刑要靠证据，人证物证必须是实实在在的东西，只靠我们联想推断出来的东西是无法当证据使用的。现在的初步意见都是猜测，没有切实证据能够证明电脑爆炸是人为操作，唯一的物证电脑已经是一堆废铁了，能够记录电脑信息的磁盘也变成了碎片。

我问麦 sir："这台电脑是从哪里买的？原本就是这样的配置吗？"

麦 sir 答："虽然公司电脑里的信息都没了，但留存的纸质文档还在，这些采购的单据上记录了张嵩慕的电脑配置信息，上面写着的是固态硬盘和 800 瓦的电源，现在这两样都被换了。"

赵大问："什么时候换的？"

"出事前一周，员工说张嵩慕的电脑坏了，那天下午有人来把电脑搬走维修，第二天才送回来。"

电脑就是这时被人动了手脚！

我们几个人同时问道："谁把电脑搬走的？"

"奥林电子城C12号摊位，永强电脑维修。"

赵大说："走走走！现在就去这家店。"

我们先把电子城的所有出入口都封住，然后找到电子城管理人员问清楚摊位情况。这家店只有两个人，一个人是老板，负责维修电脑，另一个人是打杂的，据说是老板的一位表侄。

我们六个人从前后左右靠近摊位，老板正在聚精会神地修理电脑，他的表侄正聚精会神地玩着手机。他们表情轻松，毫无警觉，参与过谋杀的人不会是这种状态，通常连摊都不会开，除非心理素质极强，但显然他们不是这种人。我用眼神询问黄哥，他先点头又抿了抿嘴，意思这两个人也许不是涉案人员，但电脑维修的来龙去脉只有他们能说清楚。先抓再说！

我直接一跃从柜台上翻了进去，这两人还没来得及反应就被我们按住。他们被抓后的表情都是惊恐中带着茫然，这种表情是很难装出来的，这更加印证了我的猜测。本来我们想把人直接带走，可是他们极不配合，柜台空间狭小，这两人蜷在地上不肯动弹，我们一连拉了几下都没把他们拉起来。

本来冷清的电子城忽然热闹起来，C12摊位顿时被人围了个水泄不通，还有人帮腔问我们凭什么抓人，摊主和店员也不配合我们，口中不断叫骂，现场乱成一团。

我在柜台里都忙得出汗了，麦 sir 在外面说了句不好，转身拉住我说："咱们被人监视了。"

我抬头顺着麦 sir 手指的方向望去，只见周围的四个摄像头全对着 C12 摊位，这显然是被人调整过的。我暗道不妙，对方是一名黑客，想黑进电子城的监控系统太简单了，恐怕他们正在用这个方法来监视警察的动向，只要警察出现在 C12 摊位，那就说明案件已经追查到了维修电脑这一步。

恐怕凶手已经通过摄像头发现我们了，但监控听不到也录不到说话声音，现在形势紧急，索性不管摄像头了，我向黄哥征求意见，提出对这两个关键人员就地审讯。黄哥点头同意，让其他人把周围看热闹的人疏散开，防止他们造成干扰。

我们上来就把张嵩慕的死讯和死因告诉他们。一听死人了，老板的态度来了个 180 度的大转变，表示完全配合我们的工作，只要能证明自己和表侄与这件事无关，他可以把一切都说出来。

老板说，起初张嵩慕打来电话，说自己经徐东海介绍来修电脑。老板安排表侄去把张嵩慕的电脑带回电子城，用一下午的时间修好了，然后给徐东海打了个电话，徐东海说电脑由他去送还，随后取走了电脑。老板说完，把通话记录拿给我们看。

我问："徐东海是谁？他为什么会介绍张嵩慕来这里修电脑？"

老板说徐东海是一个在电子城拉客的人，专门介绍朋友来装配和维修电脑，从中赚取介绍费，至于被介绍来的朋友是干什么的，老板从来不问。电脑修好后老板直接给徐东海打电话，因为维修费用是徐东海去收，扣除他的那份介绍费后，剩下的收入才转给老板。

麦 sir 问老板张嵩慕那台电脑有什么毛病。老板说是系统问题，他只是把电脑系统重新安装了。麦sir又问电脑的配置，老板说的和我们在采购配置单上看到的一样。

也就是说，这台电脑是在徐东海拿走之后才被改装的。

黄哥问："徐东海人在哪儿？"老板说他也不知道，这个人平时就在电子城转悠，但这两天都没看见他。老板表现得很积极，他有徐东海的身份证号码，就给了我们。

拿到信息后，我们立刻向局里汇报。赵大一边组织单位的人去徐东海的住处抓人，一边联系市局进行布控。结果市局把徐东海的信息录入边控系统时，系统立刻发出了一条预警信息，提示他在一个小时之前购买了一张飞往广西的机票，飞机即将起飞。

徐东海要跑！

在机场公安局的协助下，航班延迟起飞，徐东海从飞机上被抓了下来。

这个常年在电子城里从事电脑维修中介的贩子的心理素质为零，见到警察后浑身哆嗦，他没想到我们会出现得这么快。在被带回来的路上，他的心理防线就崩溃了，向我们交代了整件事情的来龙去脉。

徐东海本来经营了一家网店，平时主要卖电子城的产品，准确地说都是二手产品。一年前，他遇到一名叫"钢镚"的买家。这个钢镚很有意思，他喜欢找徐东海聊天，在得知徐东海与电子城关系密切后，让徐东海帮忙买各种东西，给的钱都高于市场价，这让徐东海赚了不少钱。

一开始钢镚买的东西都是电子产品和配件，后来要求越来越奇怪，涉及范围也越来越大，虽然都是电子产品，但有些东西电子城没有，徐东海费了不少劲才帮忙搞到。

一个月前，徐东海终于见到了钢镚本人。这人在网上挺会聊天，真见面却没什么话，两人吃了一顿饭便散了。后来钢镚让徐东海帮忙联系电脑维修店，说自己的一个朋友的电脑坏了，徐东海便把永强维修的电话给了钢镚，钢镚提出让维修店派人去取，然后徐东海把修好的电脑交给他，由他还给朋友。

两小时前，钢镚给徐东海打电话说维修的电脑出了问题，把人炸伤了，现在对方正在到处找他报复。让徐东海买机票去广西躲几天，等自己把事情处理好后再让徐东海回来。钢镚是徐东海的财神爷，徐东海早就把他奉若神明，几乎没思考便按照他的布置行动。徐东海得知我们是警察后，才知道自己闯了大祸。

我们把电子城的监控拿给徐东海看，他说自己没见过黑客，但他认识旁边的人，盯着黑客的人就是钢镚。

我们立刻赶到徐东海给钢镚送电脑的地方，这套房子是挂在网上短期出租后被钢镚租住的。我们找到负责租房的中介，他说和承租人连面都没见到，租赁材料手续都是在线上完成的，甚至钥匙都是放在消防栓里让租客自取。

我们直接破门进屋，可里面早已人去楼空。

这个犯罪是一个完美的闭环，现在真正改装杀人电脑的凶手已经躲了起来，只留下了一个搬运工，或者说是他们早就准备好的替罪羊。

我们把屋子仔细检查了一遍，里面被拔掉网线的路由器引起了我们的兴趣。网线孤零零地散落在地上，而路由器还插着电源，红色故障灯亮着。现在大家都习惯使用 Wi-Fi 上网，为什么这里的 Wi-Fi 网络却被断开连接了呢？

麦 sir 沉思良久，说："恐怕他们既想上网又不想使用 Wi-Fi，所以才将网线拔下来直连设备。"

我问："他们为什么这么做？"

麦 sir 说："正常使用 Wi-Fi 上网需要先将设备与路由器建立关联，这样就会留下痕迹，直接插网线就可以避免这个问题。"

路由器在出租房内柜子边的角落里，正常情况下应该布满灰尘，可是在我将网线接口拿起来跟路由器比量时发现，路由器的表面似乎被擦拭过了，两侧的积灰都卷了起来，可是表面干干净净。

这人在将网线拔出来后还把路由器擦了一遍，这个举动太过于小心了，这让我心头一动。

在公安侦查办案过程中，靠指纹来锁定嫌疑人是需要前提条件的，那就是指纹必须在公安部的数据库中，这个数据库的指纹来源于历次案件侦办中采集的样本，涉及的人员都是有违法违纪前科的，普通人的指纹不会被收录在库内。

他刻意擦掉指纹，说明他可能有前科。

002
被害前的最后三个小时，凶手要求她一直看着摄像头

　　这是一个国外的聊天软件，特点是用户在本地删除信息后服务器端也跟着删除数据，但高洋有两条消息没删除。通过漫游能看到一条是她问于辰什么时候到韩国，另一条是"我把东西上传了，密码你知道"。
　　听到这我不由得问："上传了什么东西？"

麦 sir 在办公室把自己关了三天，经过无数次的试验终于还原了犯罪过程：没有外壳的硬盘放在机箱的外侧光驱口处，设定好角度正对着电脑使用者，开机后木马会开启后台程序，变压器功率不足会发热，高温使固定磁盘的轴线发生变化，在发生爆炸时磁盘就会按照设定好的角度直接飞出去。

张嵩慕一直把电脑主机放在桌面上，而硬盘被安装在本来是装光驱的位置，正对着张嵩慕的头部。

电脑机箱的光驱那里只有一个贴片，用手轻轻一捅就能扣开，爆炸时对磁盘几乎没有任何阻碍。麦 sir 不由得感叹发明这种杀人方法的人可真是个天才。

麦 sir 说他在上大学时曾经听老师讲过有人可以操控计算机爆炸杀人，当时他只觉得是个噱头，没想到如今真遇上了。

虽然张嵩慕死了，可对方还买了两只摄像头，在出租屋里直接使用网线上网躲避追查。这些举动意味着他们还有其他行动。我们把侦查范围扩大到全区，也没能发现他们的踪迹，上百只摄像头都成了摆设。

三天过去了案件没有任何进展。早上起床时我发现枕头上都是头发，想起赵大的话不由得发慌，难不成我自己也要谢顶了？就在我忐忑不安的时候，麦 sir 那边传来了好消息，他发现有一只摄像头与手机绑定了！

案发后我们与摄像头的生产厂商取得联系，厂商得知后表示愿意全力配合我们的工作，他们根据序列号重新调整了涉案的两只摄像头的使用规则，将激活摄像头时填写手机号码这一步骤从原先的可选项改成必填项。

这样对方必须填写手机号码才能激活摄像头，在发现绑定信息后，厂商第一时间通知了我们。有了手机号码再找人就简单多了，接下来我们随时都会出发进行抓捕。

我带着行李赶到单位，刚进门就看到黄哥拎着一个透明的食品用塑料袋，里面卷着两件衣服。我问："这是什么玩意儿？"

黄哥回答："换洗的衣服，随时都能走。"黄哥行事从简，出差时很少背包，没想到这次精简到这种程度。

麦 sir 已经在办公室了，我冲进去看到赵大站在他身边，急忙问道："查出人员身份了吗？"

麦 sir 回答道："情况有点复杂，人现在恐怕不在北连市。"

黄哥跟着进来说："都过这么久了，人肯定不会还待在这里。他现在在哪？有准确位置的话咱们现在就走。"

麦 sir 摇了摇头说："与摄像头绑定的手机卡不是实名的，是从网上买的。我通过运营商查到这张卡只收到过一条短信，是绑定时生产厂商发送的验证码，这条短信产生了国际漫游费，接收的地点是国外。"

黄哥问："什么意思？绑定摄像头的手机号码在国外？"

麦 sir 继续说："我一直和厂商保持沟通，绑定的时间是昨天，也就是 4 月 6 日晚上。摄像头在今天凌晨出现了数据上传，但使用的是实时监控服务，也就是把录像的功能关掉了，上传的只是一个信号源标识，没有实质的视频。"

赵大在一旁问："摄像头的视频不是可以看回放吗？你们让厂商把监控的录像从服务器里调出来看看。"

赵大和黄哥虽然身经百战经验丰富，但他们对电子产品却一知半解。麦 sir 解释道："这只摄像头没有上传录像，而且还把这个功能关闭了，它只使用了实时视频功能。"

黄哥问："这个功能是做什么用的？"

麦 sir 说："就像咱们使用手机视频通话一样，使用者可以观看摄像头拍摄的画面，只不过它是单向地将画面传输到使用者的设备上，而且拍到的内容也不会留存形成回放。"

这种情况下，摄像头相当于视频直播设备，被拍摄者的行动实时呈现在监控者面前，现在有人把设备带到了国外。赵大听完用手不停地搓脑袋，不仅他想不通，连我和黄哥也是一头雾水，这个嫌疑人到底要做什么？

麦 sir 继续分析道："现在的聊天软件都支持视频通话，但进行视频通话有一个条件，那就是双方都要有信号源。只要出现信号源就会有暴露身份的风险，咱们可以通过追踪信号源查到进行视频通话的两个人的信息，但摄像头就不会出现这种情况，当监控启动后，我们不知道在监控另一头观看的人到底是谁。他们使用摄像头的目的很明显，就是为了隐匿身份，这只摄像头一共运行了三个小时。"

"这么久？"我们异口同声地问。

赵大问："能找到这个摄像头使用时的具体位置吗？就算是在国外我也想看看到底是在什么地方，是在旅游景点还是在商场。"

麦 sir 说："这个能看到，是韩国的一家高级酒店。"

接下来屋子里一阵沉默，谁都知道没法去国外查。赵大靠在座椅上叹了口气，嘴里叨念了几句，从烟盒抽出来一根烟塞嘴里，又摸了摸裤兜发现没带打火机。他让我和麦 sir 再研究研究，然后起身离开了会议室。

我问黄哥："咱们大队有过追查国外线索的先例吗？"

黄哥摇头说："据我所知从来没有。"

麦sir想了想说："我有个办法，可以找人帮忙试一试。"

我问："怎么试？找谁？"

麦sir说："咱们上大学时班里有个学习特牛的人叫郭强，我听说他考去国合中心了，咱们找他试一试。只要能查出来当天在韩国这家酒店住宿的人员信息，也许就能把使用摄像头的人对比出来。"

国合中心是公安部国际合作中心的简称，它还有个通俗的叫法就是国际刑警合作组织，主要负责侦办跨国案件，只有他们才有在国外进行调查的办法。

查到这儿已经山穷水尽了，我们只能病急乱投医，死马当活马医。我给郭强打电话，把遇到的难题说给他听，他告诉我国合没有想象中那么大的调查权，只是在国际警务合作方面相互协调，不过他可以试着沟通一下，看看能不能查到昨天，也就是4月6日晚上这家酒店的信息记录。

郭强动作很快，不一会儿就给我回了电话。他没查出来4月6日酒店住宿人员的信息，但是他从合作渠道获知今天早上这家酒店内发生了一起自杀案件，死者名叫高洋，女性，是北连市人。

依靠多年的工作经验和阅历，我凭直觉判断出这事有问题。郭强把他能查到的所有信息都给了我们：

高洋在4月3日到达韩国，随后一直住在一家叫华美达的五星级酒店。6日晚上高洋入住了琥珀大酒店，然后在今天上午被酒店清洁员工发现已经死亡。现场照片显示酒店房间中的网线被人从线盒中拽了出来，说明有人使用过，但现场没有发现需要使用网线来上网的电子设备。

想起钢镚的出租屋里从路由器上拔掉的网线，我一下子明白了，出租屋里的网线和酒店里的一样，都是用来连接摄像头，只不过那时摄像头还没被激活。

我猜他们在出租屋是为了试用摄像头。这名黑客很谨慎，在摊位窃取我的手机号码时抹除了一切线索，而且录像中显示他在买摄像头时交钱就走，连试都没试。现在分析他当时是想尽快离开电子城，所以回到出租屋后才开始测试摄像头。

死者高洋于4月6日入住，当天后半夜摄像头被激活，并运行了三个小时，7日早上高洋被发现死亡。种种事实表明，自杀者高洋与我们侦办的案件存在关联。

赵大问："你们调查高洋的信息了吗？她和张嵩慕有联系吗？"

我摇了摇头说："我和麦 sir 对死者的轨迹进行了调查，无论是从她的关联信息还是同行同乘都没有发现与张嵩慕的关联，但这些都是表面情况。目前死者的家属已经前往韩国处理后事，具体情况得等家属回国后才能知晓。"

赵大问："死者是什么时候去韩国的？"

麦 sir 说："是在4月3日。"

赵大又问："张嵩慕是什么时候死的？"

黄哥说："也是4月3日。"

赵大问："张嵩慕死之前的关系人都查清楚了，那么他死了之后呢？"

这话一针见血，到目前为止调查范围集中在张嵩慕死前的人际关系和活动轨迹上，而他死后的情况是一片空白。因为工作惯例没人会在命案发生后调查被害人死后的事，但现在发生了变化，有一个他死后才出现的关联人，必须仔细查一下。

我来到情报大队开始调查张嵩慕死后的关联信息，结果查到了一份订票记录，行程日期是4月3日，目的地是省会，这是张嵩慕被杀当天的机票。

而高洋的行程是4月3日傍晚从省会乘机直飞韩国，如果张嵩慕没死，他可以与高洋在同一天一起前往韩国，这是到目前为止他俩唯一的关联。可这一切只是我们的推断，还没有真凭实据，但我觉得离真相越来越近了，与关键线索只隔着一层玻璃，能模糊地看见却摸不着。

两天后高洋的家属回国，我们在机场迎接。高洋的父母是普通工人，辛劳一生第一次出国却是为了将女儿的遗骸带回来。两个老人的情绪很不稳定，我们陪着他们把骨灰安顿完，直到两人的情绪有所缓和，这才敢开口询问。

高洋毕业后工作很忙，平时很少回家，与父母沟通交流也不多，两人对女儿的情况几乎是一无所知。不过他们将高洋使用过的手机交给了我们，这是最有价值的线索来源。黄哥把自己的手机号码留给了两位老人，告诉他们如果有新的消息可以随时与他联系。

我们将高洋的手机送到物证提取中心，结果发现手机的硬件遭到了严重破坏，储存硬件断裂性损毁，恢复的可能性为零。提取中心的人说这种损坏程度不是意外摔落造成的，肯定是被人故意破坏的，目的就是销毁手机中的信息。

高洋很可能不是自杀，自杀的人一般不会特意破坏自己的手机。她的手机就在房间，这说明她的房间还有其他人进去过。

手机无法恢复，里面储存的内容我们也没法看到了，但是里面的卡还有用，麦 sir 将高洋的手机中的 SIM 卡取出来，他打算在网上查一下这个号码留下的信息。

很多网络软件和账户都是用手机号码登录的，有了手机卡我们就可以登录高洋使用过的软件。我们利用短信验证的方式把一些常用的酒店预订软件试了个遍，果然登录上了一个软件，在里面看到高洋只预订了华美达的房间，住宿时间是一周，并没有发现琥珀大酒店的预订记录。

麦 sir 又把能预订酒店的软件尝试了一遍，发现高洋一共在三个软件注册过，里面都没有琥珀大酒店的预订记录。没办法我只好继续求助同学，给郭强打电话让他帮忙查一下高洋在琥珀大酒店的预订信息。

郭强很快便给我们回信，他把酒店的入住登记信息发给了我们，琥珀大酒店的顾客信息备注显示，高洋预订住宿的平台是缤客。这是一个国外酒店预订软件，国内使用的人不多，缤客的账户都是使用电子邮箱注册，怪不得我们刚才用手机号码尝试时无法登录。

入住信息中的人员一栏是高洋，但在预订一栏中登记的是缤客账户，这个账户就是登录缤客使用的电子邮箱账号。我看到账号是0yuchen1981，前面的0是因为存在相同账户名称为了区分才增加的，yuchen 应该是汉语拼音，看样子像是邮箱使用者的名字，1981一看便知是出生年份。

按照谐音查询叫 yuchen 的人不少，但1981年出生的人不多，名单下拉有三十多个，只有一个人的户籍地与高洋一样是北连市。这个人叫于辰，再仔细追查发现他和高洋毕业于同一所大学。可我们把他俩登记的手机号码通话记录调取出来发现他们之间并没有联系。

黄哥觉得不能轻视这个信息，说："也许他们平时不用手机联系呢？现在连我都经常用微信通话。"

赵大点头应和说："先去找于辰，把人找出来问清楚，看看他俩到底认不认识。"

黄哥表示反对，说："不能直接去找，高洋死因不明，万一于辰和这件事有关不和咱们说实话怎么办？"

赵大说："这个人的身份已经确认了，你们也查了，没有前科劣迹。我估计他连派出所都没进过，现在咱们可拖不起，先把人找来，你和狐狸轮流审。"

可黄哥那股执拗劲又来了，坚决表示反对直接找人。他说："我觉得高洋极大可能是被人谋杀的，事后被制造成自杀的假象。与高洋有关的人都属于嫌疑人，咱们现在连于辰和高洋相互联系的证据都没有，一旦他不承认咱们一点办法都没有。"

以往我们都是先搜集证据再找人，可这起案子现在什么关键线索都没有，好不容易找到一点关联信息，赵大自然急不可耐，恨不得让于辰现在就出现在眼前。可黄哥态度坚决。坚持要先找到证据。赵大虽然是领导却拿黄哥一点办法都没有，最后挠着头说："行，我听你的，但今晚的案件汇报你替我去吧。"

看来这两天赵大没少挨局长的训话，现在我们得争分夺秒寻找证据。现实中没有交集的两个人也许在网络上是好友。赵大让麦 sir 立刻用网络技术手段查看一下于辰与高洋究竟有没有关联。

麦 sir 提议说："在网络上找出两个人的关联工作量太大，我一个人查的话，今晚你们准得挨骂。如果不介意让外人了解案情，我认识一个网络高手可以找他来帮忙。"

赵大立刻说："这有什么介意的？有这样的人你不早说，快把人家请来！"

麦 sir 打了个电话，没过多久来了一个三十多岁的男子，个子不高，身材瘦削，拎着一个公文包，身上穿着格子衫，一眼就能看出是搞 IT 的。

这人姓隆，是专门从事网络技术的工程师，麦 sir 喊他隆哥。麦 sir 之前因为工作和他认识，多年未见，再相遇时发现隆哥兼职协助警察办案，细聊才知道他与各个地方公安合作多年了。

隆哥的经历说起来也颇为传奇，他最早是以一个"挖坟"的反面角色与公安接触的。

这里说的挖坟不是盗挖坟墓，而是指寻找沉淀多年的网络遗产，比如多年无人登录的游戏账户、拥有特殊域名的网址以及一些私人储存的现在需要付费的资料。后来他们这个团队因为利益分道扬镳成了两伙人，其中一伙人利欲熏心犯了一个大案，正是这起案件才让隆哥与公安有了接触。

隆哥与公安合作多年，对于侦查办案一点就透，一上手便和我们默契十足。

麦 sir 介绍案件的大概情况后，隆哥当场拿出笔记本电脑开工，一手操控鼠标一手在键盘上飞速敲击。眼见天慢慢黑了，麦 sir 提出先吃口饭，被隆哥摇头回绝了。

看来隆哥深得公安真传，早饭一顿当三顿，不抓到人不吃饭，到他这儿就是不查清楚不吃饭。我和麦 sir 不好意思先吃，就这样一直陪到晚上九点多，隆哥终于从椅子上站了起来，伸了个懒腰，告诉我们说差不多了。

我问："找到他们的关联了？"

隆哥自谦地说："对，不过我水平不高，网络的水很深，想查透很难，我只是把表面上的东西找出来而已。"

听到有新情况赵大和黄哥也赶了回来。隆哥似乎不善言辞，等人都到了后，便让麦 sir 介绍工作情况，麦 sir 说："高洋一共有四个邮箱，于辰帮她预订酒店后是通过邮箱把信息发给她的，但在邮件中他俩没有额外的联系内容。剩下的三个邮箱不常用，不过其中有一个绑定了她的聊天软件账号。这是一个国外的聊天软件，特点是用户在本地删除信息后服务器端也跟着删除数据，但高洋有两条消息没删除。通过漫游能看到一条是她问于辰什么时候到韩国，另一条是'我把东西上传了，密码你知道'。"

听到这儿我不由得问："上传了什么东西？"

麦 sir 没有回应我，继续说："于辰只有一个邮箱，也注册了这个聊天软件。我们没有于辰的手机所以没法登录他的账户，不过我们找到了他最近登录邮箱的 IP 地址，在奉城市。"

奉城是省会，那里就有能飞往韩国的直达航班，于辰随时都有可能离开。

我们急忙联系奉城的边检，让他们盯紧于辰的身份信息，一旦他在机场出现一定要控制住。

赵大追问："你们能不能从网上查到高洋上传了什么东西？"

麦sir说："目前不行。上传肯定是指上传到云服务器，国内外提供这种服务的网站加起来不下百个，想把这个找出来难度很大，一点点地试都不一定能试出来。"

赵大说："看来在网上也只能查到这些东西了，不过现在可以肯定于辰和高洋有联系，他们不但认识而且还约好一起去韩国。老黄你们现在就去奉城把于辰找出来，我觉得他肯定知道高洋是怎么死的。"

这时隆哥才说话，他一开口我才知道为什么是麦sir替他介绍情况，原来他的普通话不标准，听起来有些含混，勉强能听清楚："于辰这个人在网上的信息很少，我能感觉出来他在刻意隐藏自己，说不定也是个网络高手。"

这话让我立刻想起那名黑客，难道他就是于辰？赵大对麦sir说："你也一起去！"

我们仨直奔奉城。

我在奉城读了四年大学，对这里的了解不比从小生活的北连市少，可以说这里是我的第二个故乡。一下火车我就发现，仅仅几年时间奉城已完全变了一个样，尤其是新城区，有点国际化大都市的模样了。我的许多同学都留在这里工作，可以为侦查提供不少便利。

我先去找大猪帮忙。大猪姓朱，长得英俊帅气，大学一起玩网游时给自己起名叫猪小弟，所以大家喊他大猪。

在大猪的帮助下，我们用信息研判平台查了一圈也没发现于辰的踪迹。现在只有一个邮箱IP地址，万一是别人登录使用了于辰的邮箱，我们就白来了。

大猪劝我别着急，他告诉我奉城这几年在信息技术建设上做了大量投入，安装了一批又一批高清监控，可以用人脸识别来找人。我们在人口信息网看到了于辰的照片，从年龄上看应该是近照，分析与本人差距不大，可以直接用作人脸识别。

说实话我现在信心不足，人脸识别技术用来对付一般罪犯说得上是大杀器，但我们面对的是一群高科技犯罪分子，他们对电子设备很敏感，躲避监控已经成了应激反应。就拿于辰来说，他在奉城没有留下任何信息痕迹，连住宿信息都没有，这说明他是一个极其谨慎的人。

话虽这么说，但该做的一定不能少，我们只能等人脸识别的结果了。兴冲冲赶过来结果毫无所获，这让我们几个都有点郁闷。

到了晚上大猪非要请吃饭，可我实在没心情吃喝。我拉着他客气了一番，这时叮的一声黄哥的手机响了。黄哥突然狠狠地拍了我的后背一下，把我打得生疼。我回头问他干什么，只见黄哥把手机屏幕对着我递过来，上面是一条短信："杀人犯在怒江公园。"

大猪不明所以，看见短信问我这是怎么回事，我来不及和他细说，一把将他推上了车，几个人直奔怒江公园而去。

大猪听完我对此前案件的介绍后问："从号段看，这个手机号码是本地的，你怎么敢肯定机主与之前发预警短信的是同一个人？"

我说："我们也不敢肯定，但之前的短信没撒谎，这次我们也不敢不信。"

大猪说："可以信，但是不能全信。上次什么线索都没留，只是告诉你们有人要被杀，这次却能把杀人犯的位置提供出来，你不觉得有问题吗？"

当局者迷旁观者清，大猪给我们提了个醒，最关键的是，发短信的人为什么会知道我们来了奉城？还有他为什么给黄哥发短信？他怎么知道黄哥的手机号码？细想之下我们越发觉得奇怪。

车开得飞快，眼看快到怒江公园，大猪问："有没有说杀人犯具体在哪儿？怒江公园可不小。"

我说："不就是一个花坛三五棵树吗？"

大猪说："你说的都是多少年前的事了。现在公园沿着河扩建，从塔下一直修到新乐，这么大的范围咱们去哪找人？"

这几年变化太大，以前的一个小公园变成了河岸景观区。我让大猪把车停在西门，打算沿着河一路往北找人。

下了车，大猪问："有嫌疑人的照片吗？"

我们也不知道这次的嫌疑人是谁，只能把电子城的监控录像截图给他看，录像里人脸勉强能看清，可是截图出来却很模糊。

大猪看完说："你是在和我开玩笑吗？靠这玩意能找人？什么也看不清，让我怎么找？"

虽然天还没黑，可今天是阴天没有太阳，还有雾霾。在公园里放眼望去，周围的人都像几个小黑点，拿着监控录像截图根本没法对比。

黄哥说："咱们先转一转，如果短信是真的，凶手不会平白无故在这里出现。"

我们几个沿着河边走，公园修得不错，一路有花有草还有几个小亭子，虽然天气不好但是遛弯的人不少。我一边走一边观察着来来往往的人群，大多是寻常大爷大妈，没看到有可疑的人。

黄哥拿起手机给发短信的号码拨了过去，语音提示对方已关机。

大猪皱了皱眉说："对方不会是在逗你们玩吧？要不然你们在这盯着，我回去查一下这个手机号码，看看能不能找到人在哪儿。"

这倒是个办法，大猪刚要走，这时前方有警灯晃过，一辆警车停在路边不远处，两名巡警下车朝河边走来。顺着他们来的方向，我看到不远处聚集着几个人，与周围的氛围格格不入。我凑了过去，还没走到近前便听见巡警在问话：

"刚才这里是谁报的警？是你们吗？"

一个老大爷举手回应说："是我报的警，刚才这里有人打架。"

"打架的人哪去了？"

"走了，刚走，我看他俩一块开车走了。"

"一块走的？他俩认识啊？"

"我也不知道，我就看见两个人打起来了，我就报警了，然后他俩又一块走了。"

"车牌号是多少？"

"没记住。"

"是什么品牌的车。"

"不知道，就看见是白色的轿车。"

"往哪走了？"

"往北走了。"

巡警有些无奈，拿起对讲机呼叫指挥中心，说："我到现场了，没发现打架的人，据报警人说，两个人打架后开车走了，应该是沿着怒江街往北走，请求根据报警时间查一下通过这个路段的白色轿车。"说完巡警便回到车上离开了。

两个相互认识的人在公园突然打了起来，打完又立刻离开，我们恰好来到这里找人，这也太巧了。眼看着巡警离开，估计这起打架警情要没头没尾了，可我们不打算就此放弃，三个人在公园分散开，各自在周围转一转找一找。

当我沿着台阶走到河堤上的时候，在石板边缘看到一丝红色的血迹，用手轻轻一碰，血迹还没干。我急忙将黄哥喊来，台阶上的血不多，但旁边的草丛里有不少血迹。

走到河沿边看到地上散铺着水草，开春后怒江河中水草茂盛，每隔一段时间都需要人工清理，打捞上来的水草都会被堆在路边等待垃圾车运走，这些水草明显是被人故意铺在地上的。用脚踢开后，下面果然都是血迹，一直延伸到路边。

我说："打架怎么会出这么多血？这下手也太狠了。"

黄哥点了点头，说："两个能结伴离开的人，怎么还会打成这样？咱们继续查。"

我让大猪帮忙，他给指挥中心打电话把血迹的情况说了一下，这立刻引起了派出所的重视，警车去而复返，没过多久指挥中心也把白色轿车找到了。根据交警监控，这台车从怒江街拐入黄河街，一直往北开到大学城附近。马路上的监控间隔很远，能看出车辆经过的主要交通干道，但其他位置信息只能知道个大概，如果车开进了小道就更没办法了。

黄哥说："打架的人受伤了，正常来说他们应该是去医院，黄河街上有没有医院？"

大猪回答："黄河街上有所医科大学，旁边就是附属医院，是离这最近的医院了。"

黄哥马上决定："走，过去看看。"

医院门口停了一辆警车，两名警察在急诊大厅询问一名大夫。大猪认识其中一名警察，他过去一问才知这两人是专门来追查刚才打架的事，通过查看医院门口的监控已经确认白色轿车曾来到这里，但是从车上只下来一个人，这个人手臂受伤了，过来做了包扎。

医院已经把出诊记录交给巡警，我看到巡警的出警记录本上写着于辰的名字。

我急忙问急诊大夫："来医院包扎的人叫于辰？"

大夫推了推眼镜拿着单据回答:"这个人在窗口挂了急诊,登记时用的是身份证,这就是他身份证上的名字,没错。"

我又问:"那么他人去哪了?"

巡警回答:"这台车的车牌号我们已经查到了,车是一家租赁公司的,确实是租给了一个叫于辰的人,他也留了手机号码,但现在我们还没联系上。"

现在奉城警方也在追查这起打架案件,大猪决定即刻前往市局情报中心,一旦于辰露面就立刻通知我们。

每一起案件只要发现了关键人物的踪迹,接下来就好办了,把人找到只是时间问题,尤其是在奉城这样的大城市。我们找到一家旅店打算休息一会,刚躺下就接到电话,一看是大猪打过来的,我不由得暗喜,急忙将电话接通问道:"找到于辰了?"

大猪有点急促地回答:"对,发现于辰了。"

"他在哪?我们现在过去。"

"你不用着急,人在启功街这边,已经死了。"

"死了?"

"从楼上摔下来的,有人发现后报的警,指挥中心告诉我的。"

"你确定这个人是于辰?"

"对,身份证、银行卡和手机都在身上。你不用来现场,尸体会拉到尸检中心,咱们那边见。"

我们三个人打车赶到尸检中心,在那里看到了于辰的尸体,摔得惨不忍睹。

法医说尸体是从一栋还没完工的十七层高楼上摔下来的,这栋楼的周围都是泥土,于辰落下来时身体直接陷在泥里,导致尸体破损严重,根本看不清长相。

大猪向我们介绍说旁边桌上放着于辰的个人物品,有银行卡和身份证,还有一部受损严重没法开机的手机。这部手机里插着两张电话卡，其中一张卡的机主就是于辰，另一张卡未实名。

大猪把这张未实名的卡插进自己的手机，拨了一个电话，我的手机随即显示出一个来电号码，大猪说："你仔细看看这个号码。"

我认真看了下，发现这个号码就是给黄哥发短信的号码，那条提醒杀人犯在怒江公园的短信竟然是于辰发的。我问大猪："于辰是怎么死的？"

大猪回答："现在西铁分局的刑侦大队正在调查，目前看，人是从一栋正在施工的高楼上掉下来的，但显然不正常。这边查出原因或者是线索，我会第一时间告诉你。"

本以为找到于辰就能弄清楚这一切，结果找到的却是一具尸体。我转念一想，短信提到的杀人犯是怎么回事？会不会那起打架就是杀人犯在行凶，于辰发短信就是想让我们阻止这件事？

我把自己的想法说出来与大家讨论，黄哥对此不置可否。他办案向来严谨，认为一切侦查发现都要有理有据，对没有证据的胡思乱想通常嗤之以鼻。反倒是麦sir坚定地支持我的想法，他一直从事网络侦查，从参警起就在做情报信息研判工作。抓人与办案可不同，有时候你就得有天马行空的想法，才能把藏在犄角旮旯里的嫌疑人找出来。黄哥是靠证据线索来进行推测，麦sir是靠推断来寻找证据线索，两个人的方法恰好相反。

003

炒币客坠楼案：人死后指纹还能解锁手机吗？

　　法医捏住尸体的大拇指，拿着工具从皮下探进去，慢慢将指肚鼓起来，然后用纸巾轻轻擦了擦，示意我们拿着手机按上去。

　　我们放慢动作，一点点地将手机屏幕贴在手指肚上，只见屏幕一闪，手机解锁了！

于辰的死让我们断了线索，案件又回到起点。案件侦办遇到困难是常事，我们已经习惯了，可我心里很堵，脑海里不停地想起那条短信。

第二天，于辰的尸检结果出来了。一大早天还没亮，尸检报告就送到了我们手里。他是因失血过多而死，胸部有一处致命刀伤。也就是说，人从楼上落下来时就已经是一具尸体了。我把麦sir叫醒，正打算同他一起研究接下来该从哪里继续追查，这时隆哥给我们打来电话。

此时才六点，麦sir按下免提接通电话问："你怎么起得这么早？"

隆哥说："起什么呀，我根本就没睡，一直盯着电脑。我这边发现一个线索，有人登录了于辰的邮箱账户，就在今天凌晨三点半左右。"

于辰的尸体是昨天晚上十一点被发现的，他已经死了，是谁登录了他的邮箱？

麦sir说："三点半？你怎么才告诉我们？"

隆哥回答："软件扫描有延迟，反馈时间差两三个小时很正常。"

麦sir问："能查出来具体位置吗？"

隆哥答："可以，对方使用的是固定IP地址，显示登录位置是国颂网吧。"

家用网络使用的都是公共IP地址，这类地址是在一个范围内随机分配的，每次设备连接网络时获取的IP地址都不一样，只有公司和网吧这样的地方才会有固定IP地址。

我们马不停蹄来到国颂网吧。这个网吧位于新城区，周围都是新建楼盘，里面没住多少人，大街上空荡荡的，高层楼房的墙外挂着公寓日租房的招牌，看来这里人不多但成分复杂。

网吧店面不大，在一栋楼的拐角，我们进去一看里面热火朝天，几乎坐满了人，好像整个新城区的人全聚在这里似的。吧台后面坐着的小伙无精打采地玩着手机，抬头看了我们三个人一眼，递过来一个皱巴巴的本子，说："押金二十元，可以扫旁边的二维码付款，自己登记然后找机器随便坐。"

我扫了一眼，很多玩游戏的人年龄不大，怪不得这里这么多人，原来这里上网不需要身份证登记。

环顾四周，网吧的监控设施齐全，吧台里面有台电脑，屏幕分成十二格同步播放监控视频，几乎覆盖了整个网吧。就算来上网的人没登记，我们知道他上网的具体时间一样可以靠监控找到他。

我拿出警官证给吧台里的小伙看，他吓得浑身一激灵，刚想有所动作，我立刻用手把他的胳膊按在桌上。黄哥从桌台下挤进吧台将他的嘴捂住。

我们是来找人的，不想节外生枝，我警觉地向四周看了看，没有一个人注意到我们，接着我也钻进吧台，把这个小伙塞到吧台下面，这样从外面就看不出来里面发生了什么异常。小伙岁数不大，他哪见识过这种场面，老老实实地把监控系统的账号密码交给了我们。

于辰邮箱的登录时间是在凌晨三点半左右，按照时间往前推导，很容易便找到了想要的监控视频。我们从三点二十分的录像开始看，这时网吧人不少，但吧台前没人，只见有两个人走进网吧，他们在吧台的本子上做了登记，交了二十块钱现金，随后找了台电脑，其中一个人坐下，另一个人扶着椅子和他一块盯着屏幕。

两个人待了半个小时，然后下机把卡留在桌上，径直走出网吧，都没有去吧台退还剩下的押金。看到这，麦 sir 指着监控问我："你看这个人像谁？"

我早已觉察出来，这两个人就是在奥林电子城买摄像头的人，一个是黑客，另一个是钢镚，他俩走路的姿势已经印在我的脑海中。

于辰的尸体是上半夜被发现的，这两人在下半夜来网吧登录于辰的邮箱，难道是他们杀了于辰？录像没看完我便给赵大打电话，赵大立刻调派人员赶来增援，要求我们必须在奉城市将这两人抓住。

我们把监控从内到外仔细看了一遍，这俩人依旧没乘坐任何交通工具，一前一后顺着马路离开了。有了前车之鉴我知道继续追监控没什么用，黑客不会留下这个尾巴。

现在只能从网吧入手，查清楚他们来这儿的目的。我给麦 sir 出了个难题，我问他："他们在网吧待了半个小时，你能查出来他们在电脑上除了登录邮箱还做什么了吗？"

麦 sir 说："我试试吧。"

他的声音明显底气不足，网吧的电脑都安装了还原系统，每次开机时都会对电脑进行还原，所有数据都会恢复到初始状态。而且网吧电脑都不配置硬盘，里面的软件是通过云服务器共享，在这种条件下想查出来他们干什么了难度很大。别说麦 sir 了，就算隆哥来也不一定能成功。

钢镚和黑客当时用的是二十八号机器，现在这台机器正好没人，麦 sir 按了下开关，电脑屏幕一闪，没出现开机画面，迎接我们的是一片蓝屏，电脑坏了。

我继续问麦 sir："能修好吗？"

麦 sir 摇了摇头，又盯着电脑的蓝屏看了半天，突然说："不对，这不是系统故障，而是电脑启动时读取进程失败，你看。"

麦sir指着一条指令，我看到每隔十秒这条指令会刷新一次，随后弹出提示错误的对话框，但系统还在继续读取。我看不懂这些英文，只能问："把这条指令跳过去，电脑就能打开了吗？"

麦sir没回答我的问题，而是自言自语地说："还是不对，这不是什么指令，电脑内存一直在读取一串数字，但这串数字触发不了下一步进程，所以电脑才卡在这里。"

112×××20180412×××。

我问："这些数字是什么意思？"

麦sir摇摇头，他也不知道这串数字的含义。网吧电脑内存被黑客更改了，他在电脑启动流程中加入了一个读写进程。这串看似毫无意义的数字就是读写内容，电脑无法识别便一直卡在启动状态上。

我在脑海里把自己遇到过的各类数字代码都思索了一遍，没一个能对得上的。这时我想到黄哥，回头看了一眼，小伙老老实实地坐在吧台前的沙发上，黄哥正对他进行教育。

我把数字抄写在纸上拿给黄哥看，谁知黄哥只看了一眼便说："我知道，这是火化证明的编号。"

我惊讶地问："你怎么这么确定？"

黄哥答："我刚工作时在派出所经常开这个东西，那时候人死后火化需要证明，在医院死亡由医院开，在家死亡由街道开，非正常死亡都是由咱们公安部门开。这个证明上面有编号，编号中的前六位对应的是全省各地的殡仪馆，这张纸上的前六位数字对应的是奉城市殡仪馆。我开了那么多，对这六位数太熟悉了，中间的数字表示时间，最后三位数对应人员。"

我说："这是黑客在电脑里留下的数字串。"

黄哥一听急忙起身，说："黑客留下的？那咱们快去殡仪馆找一找！"

我们在殡仪馆按照这个编号找到了即将被火化的尸体，谁也没想到事情会峰回路转。虽然尸体面部松弛肌肉凹陷，但拿人口信息网上的照片做对比一眼就能认出来，躺在停尸间的死者就是于辰。

尸体上遍布伤痕，生前似乎遭受过虐待。

那从楼上落下来的又是谁？

我们让殡仪馆把与于辰有关的手续文件都拿出来。火化尸体需要的手续不多，一个是死亡证明，在医院死亡由医院开具，在家死亡由街道开具，非正常死亡由公安机关开具。另一个是火化单，这个统一由属地派出所开具，火化后殡仪馆会出具一份火化证明。殡仪馆拿出来的文件中死亡证明和火化单上的印章都很模糊，一看就是伪造的。

殡仪馆没想到会有人伪造这种东西，知道闯了大祸，急忙把办理尸体火化的登记人信息提供给我们。虽然殡仪馆没注意火化材料的真伪，但对登记人检查得很仔细，拿着身份证跟人脸仔细比对过一遍，信息肯定没错。

登记人是一个福建人，姓名是林炜。我们在人口信息网上查了一下，发现这个人的户籍信息已经被注销了，这名人员长期在境外从事违法犯罪活动，经过多次劝阻仍然不主动回国，所以才被注销了户口，当时与他同一批的有近百人，都被注销了户口。

林炜有两次前科，一次是赌博，另一次是组织他人非法出境。我立刻想到了被擦得干干净净的路由器，嫌疑人这么做是怕留下指纹。其实公安机关的指纹库有层级范围，进行比对时，首先选取的就是前科人员的指纹，所以我当时就觉得疑犯有前科，现在这个人的身份更加印证了我的想法。

林炜的户籍被注销了，他在国内就是一个不存在的人，只有用指纹比对发现他的前科才能查到他。

按理说注销户籍的人入境时会被扣押，现在林炜能到处走动说明他肯定是非法偷渡入境的。虽然他的户籍被注销了，但是二代身份证还在手里，注销户籍的身份证在很多地方都可以正常使用。殡仪馆没有身份证扫描系统，见他拿出身份证来肯定不会怀疑有假。

我让大猪帮忙查一下林炜的身份证，结果发现这个被注销的身份证有一个住宿登记，在庆元酒店。

见状我问："他的户籍不是被注销了吗？怎么还会有住宿记录？"

黄哥答："他被注销的是户籍，但身份证还可以使用。现在旅店登记只会对违法人员和逃犯进行报警，像这种出现被注销户籍的身份证号码，系统只会认为是登记有误。"

他以为警察不会发现他的身份，觉得自己的身份很安全。奉城酒店对住宿登记要求严格，为了避免被怀疑他才拿出自己的身份证做了登记，结果歪打正着。

赵大正好带着人也赶到奉城，时至中午，我们联合当地公安部门几十人将庆元酒店围得水泄不通。我早已铆足了力气，站在庆元酒店303房间门口时有种许久未有的激动，拎起破门器直接强攻，这一撞积蓄着积压已久的闷气，咣当一声酒店的门框都被带飞，碎成两段，我们冲进去时林炜还在床上睡觉。

我们直接用被子蒙住林炜的头，给他戴上手铐后才将被子掀开，这时才看清了林炜的相貌，原来他就是钢镚！

钢镚就是林炜，这个像幽灵似的人终于被我们抓住了。但黑客在哪？我们立刻就地清查酒店，但把所有房间里里外外翻了个遍也没找到黑客的下落。

林炜被抓后我们仔细对他进行了检查，发现他的胳膊上缠着绷带，包扎的位置和手法与医院急诊大夫描述的一样,我们这才意识到去医院包扎的人是他,他是用于辰的身份证挂的号。

在屋子里我们发现了一个背包,包里装着短裤和短袖,还有一张身份证,上面的名字是木玉章。

林炜被抓时有些惊慌,但很快便冷静下来。无论我们问什么,他都像哑巴似的一个字也不说。我们仔细搜查后发现林炜全身上下只有两部手机和一张被注销的身份证以及不到一千块的现金,除此之外别无他物,而且他的手机都设置了锁屏密码,任凭我们怎么说,他都不肯交出密码。

于辰是在奉城被杀,所以对林炜的审讯由奉城公安负责,我受邀参与旁听。我在审讯室里坐了五个小时,林炜从一开始就直勾勾地盯着地面,无论问他什么都一言不发,然后很有规律地每隔二十分钟换一次倚靠位置,这是防止维持一个姿势久坐疲劳,看来他打算顽抗到底了。

审讯陷入僵局,这时麦sir发现了一个新情况。他反复看网吧的监控录像,由于在监控中二十八号机器只被拍到一个角,人在画面中都像马赛克,在看了十多遍后终于在模糊的图像中确认,黑客登录邮箱时,林炜的手有一个拿起的动作。

麦sir问我:"黑客的手段再高明也不可能在短短十几分钟内破解邮箱密码,林炜的手部动作像是看手机,他们会不会是用手机登录邮箱的,林炜的手机其中一部不是他自己的。"

在麦sir的提示下,我又回去重新查看林炜的两部手机。这时我突然想到韩国酒店内高洋死亡现场的照片,照片中,房间桌上的手机有一个外壳,上面是花里胡哨的图案。这部手机是高洋的,我记得很清楚,遗物被送回国时手机外壳不见了。

一个手机壳看似无关紧要,可我仔细看照片时,越发觉得高洋的手机外壳似乎与林炜的一部手机的外壳很像。从图案和颜色看，像是一套情侣手机壳，这更验证了麦 sir 的推测，那部手机不是林炜的。

林炜的两部手机中，一部设置了指纹解锁加密码解锁，另一部仅设置了密码解锁。林炜不肯说出密码，我们曾尝试用林炜的手指将支持指纹解锁的手机解开，可是十个手指头挨个试了一遍，都显示指纹匹配失败。一开始我们以为是手指的原因，有时候脱皮或者受伤都会影响指纹识别，现在看来这部手机并不是用林炜的指纹来解锁，而是用密码解锁的。

一对情侣手机外壳，一个属于高洋，那么另一个就应该属于于辰。我们三人立刻决定去试一试。

于辰的尸体还在尸检中心，法医听完情况介绍后让我搭把手把尸体从池子里捞出来，黄哥见状急忙喊停，说抬出一只胳膊就行。在福尔马林浸泡下，尸体已经变成了白色，整条胳膊都萎缩掉了，皱巴巴的像泄了气的气球。法医捏住尸体的大拇指，拿着工具从皮下探进去，慢慢将指肚鼓起来，然后用纸巾轻轻擦了擦，示意我们拿着手机按上去。

第一次接触时，手机一震，切换成密码模式。我们停了会又试了一下，这次手机震动了两下，屏幕上的指纹识别键变红，这让我和黄哥大为振奋。第三次我们放慢动作，一点点地将手机屏幕贴在手指肚上，只见屏幕一闪，手机解锁了！

这部果然是于辰的手机！此时我和黄哥顾不得停尸间里刺鼻的气味，差点就要席地而坐翻手机了，法医急忙将我俩拽了出去。

整个事情的来龙去脉都随着手机的解锁而揭晓。我和黄哥把于辰的聊天记录整理了一下：

于辰是张嵩慕的朋友，他俩很熟，相识至少五年了。

张嵩慕真正的经济来源是帮人洗钱，最初他是利用网络游戏中的装备买卖来帮人转移资金。今年张嵩慕接到了一个大单子，金额远远超过网络游戏装备的价值，而且这次要将国内的钱转到国外，张嵩慕没做过这种事，于是找于辰商量。

两个人想出一个办法，他们用这笔钱买网络加密货币，然后再去国外把网络加密货币卖掉。但这笔钱数额太大，如果贸然让客户把钱转进张嵩慕的个人账户会引起银行的注意，恰好张嵩慕公司有对公账户，可以用来接收需要洗白的钱款，于是他们便利用张嵩慕的公司做这件事。为此他俩还专门购买了一个假的炒股软件来做掩护，对员工宣称是用于炒股投资，实际上是购买网络加密货币。

网络加密货币有很多种，所有的网络加密货币都是虚拟的，你花钱买的只是一段网络字符代码，只要有人认可这段代码在网络上具有价值，你就可以与他进行现金交易。认可的人多了，这个网络加密货币便逐渐流通起来，因而也涌现了不少借此赚钱的炒币客。在这些炒币客的推波助澜之下，网络加密货币如同洪水破堤般倾泻而出，到现在为止至少有上千种。

最有名的要数比特币了，在一段时间内比特币的价格与美元挂钩，在一些国家和地区可以兑换成美元。加上被宣扬具有高度保密性和不可追溯性，比特币甚至可以直接用来买卖交易实体物资。

张嵩慕与于辰的计划很完善，唯一的不确定因素就是网络加密货币兑换价格波动较大，一夜之间可能会天差地别。为了保险起见两个人买了最稳妥的币种，只要去国外把网络加密货币卖出变成美元，就算是洗钱成功了。可定好计划后张嵩慕却有了其他想法，他知道这笔钱来路不明，极有可能是灰产甚至黑产，于是产生了把这笔钱吞掉的想法。

这笔钱数额巨大，两个人禁不住诱惑一拍即合。

张嵩慕先在国内收购网络加密货币，然后假装联系国外的买家，一边演戏给客户看，一边把网络加密货币转到自己的账户。为了安全起见，于辰又拉进来一个人，这个人就是他的女朋友高洋。

于辰与高洋的聊天记录显示，他一直没有告诉高洋这笔钱的来源，只是说自己炒币赚钱了，让高洋拿到国外去兑换成美元，接着高洋在网络加密货币交易平台以自己的名字开了户，他们将网络加密货币转进了高洋的账户。

于辰发现张嵩慕死后慌了神，这时他才知道客户是在利用他们洗钱，等到这笔钱转移完毕就会对他们动手。他先告诉高洋有危险，然后为高洋重新预订了酒店，最后嘱咐高洋一旦遇到危险就把账户交给对方，以此保住性命。

于辰的手机里还有与林炜的聊天记录，委托他们洗钱的正是林炜。于辰也知道张嵩慕的死与林炜有关。在高洋出事后于辰更加确定林炜就是凶手，但这时他没有选择逃跑，而是决定为高洋报仇，于是他主动联系林炜提出拿网络加密货币做一笔交易。货币交易时需要特定的代码，这个代码相当于支付密码，林炜虽然拿到了账户，但代码还在于辰手里，此时的林炜也正在找于辰。

根据于辰与林炜聊天的时间来看，他与林炜约定好在怒江公园见面后，给黄哥发了一条信息，告诉我们杀人犯在怒江公园。于辰为什么会知道黄哥的手机号码，这一点我们想了很久，最终才发现黄哥曾给高洋的父母留过自己的电话，而于辰曾找过高洋的父母，在那时高洋的母亲将警察留下的电话号码给了于辰。

最后于辰给高洋发了一段语音，这段语音高洋已经听不到了。我们猜测这是于辰给自己的一份留念，他对高洋说自己准备了一把刀要为她报仇，无论成败最终自己都会被警察抓住，这样一切就都结束了。

可是最终并不是他想象的结果。

于辰的聊天记录将事情的真相呈现出来，在这个确凿的证据面前林炜终于不再顽抗。他之所以一直保持沉默，就是算定在黑客被抓住之前我们没有证据，检察院将不予批捕，等刑拘期限届满后他可以伺机逃走。现在于辰留下了详细的记录，证据链也补充完整，林炜的命运已经注定，这时他才选择交代一切，想以此换取一个安排后事的机会。

林炜向我们供述了三个人的死因，张嵩慕的确是被电脑炸死的，杀死张嵩慕早已在他们的计划之中，只要钱被转换为网络加密货币就可以下手杀人，于是黑客重新将电脑改装一番。与麦sir还原的案发过程一样，硬盘炸飞出来将张嵩慕杀死。这里面还有一个关键点，那就是林炜与张嵩慕一直用软件联络，在爆炸时张嵩慕正坐在电脑前与林炜对话，这才使得炸飞出来的硬盘碎片能够杀死张嵩慕。

黑客在他们的电脑中植入了木马，张嵩慕与于辰黑吃黑的计划早就被黑客发现。张嵩慕死后林炜派木玉章前往韩国去找高洋，于辰为高洋更换酒店的信息也早被他们掌握。接下来他们让高洋按照要求面向摄像头，借此通过货币交易所设置的人脸验证，想把账户的所有权转到林炜名下，然后将高洋杀死，制造出自杀的假象。可是他们没想到于辰做了一层保险，将货币代码放在网盘上，他们拿到了账户信息却无法进行货币交易。

林炜没想到于辰会主动露面，他本以为于辰想要分钱，但于辰指名要见杀死高洋的木玉章。两个人在怒江公园见面后，于辰直接拿刀将木玉章捅伤，随后把他带到车上打算离开。这时林炜跟上堵住于辰的车，两个人一番搏斗后，于辰被打晕，林炜胳膊受伤。

林炜的胳膊被划伤亟须处理，去医院登记又要身份证，没办法林炜用了于辰的身份证。他又怕公安机关追查于辰，见木玉章失血过多已死，离开医院后便将于辰的证件塞进木玉章的衣服里，然后把尸体从工地高层扔了下去。林炜的目的很简单，只要能拖延警察的追捕时间，从于辰手里拿到货币代码就行。

于辰在死前遭受了林炜的毒打，说出了网盘账号。林炜与黑客便去网吧下载存储在里面的货币代码。本来拿到代码就可以拿到钱，结果林炜在操作的时候发现代码有缺失，这笔钱他还是没能拿出来。随后林炜用早已伪造好的手续将于辰的尸体送到殡仪馆，三天后尸体会被火化掉，这样一切真相都会被彻底掩埋。

但是黑客在网吧里留下了线索，让我们找到了于辰的尸体，也顺藤摸瓜抓住了林炜。

林炜长期在境外从事赌博诈骗，参与赌博的赌客和被骗的受害者都是国内的人，所以非法得来的钱财也都在国内。这次林炜回国就是为了将这些钱转移出去，这才与张嵩慕勾搭到一起。

可根据林炜供述，这笔钱到最后也没能转到境外赌博团伙手里，发现代码缺失后他交给黑客去处理，结果黑客也消失了。这个黑客是境外团伙雇来陪同林炜回国的帮手，林炜并不认识他，团伙说黑客有把柄在他们手上肯定会听话。之前林炜不放心一直盯着他，后来见他参与杀人，林炜才敢放他独自去办事，结果这一去便杳无音信。

境外团伙为此大怒，让林炜去找人，可林炜还没动身就被我们抓住了。现在黑客下落不明，那笔巨额资金也不知所终。

004

AI 换脸：爱发朋友圈的女孩，成为"小电影"的主角

这是一段只有十六秒的视频，一看便知是从成人电影中截取的，只不过使用了 AI 换脸技术，把女演员的脸变成了宋欣的。

AI 换脸技术与我们想象的不太一样，它并不是可以随意换脸，使用换脸软件时需要大量的素材支持，而宋欣不设限制的朋友圈照片正好满足了这个要求。

案件虽然告破，可还留下了许多疑问。林炜与黑客只是棋子，真正的幕后黑手是境外赌博团伙，是他们致使三人先后死亡，只有将他们抓住才能告慰死者。

那笔来历不明的巨款肯定是赌资，现在这笔钱和黑客一起消失了。对于这名黑客我们有种很复杂的感情，他是连环杀人案件中的一名嫌疑人，同时又向我们提供了关键线索，尽管我更希望他是受人胁迫才参与其中的，但我们势必也要将他抓住。

可黑客就像是投入湖水的一块石头，溅起水花后，迅速沉底，再也没有了踪迹。每天都会有新的案件需要侦办，四时轮转，四季更迭，前进的脚步会让你渐渐不再回头，那些未解开的谜团只能停留在记忆里。

这样的情形我遇到很多，只怕这次也会和以往一样，心中难免有些闷闷不乐。赵大显然看出了我的心思，劝慰我说："星辰，你别想太多，这么多年咱们一开始没办完的案件比比皆是，最后还不是把人一个个地给抓回来了？一口气吃不成胖子，再好的菜也得一道道上，好饭不怕晚。"

我说："之前案件的嫌疑人都在国内，我还有信心，可现在这伙人在境外，拿大喇叭喊话，他们也不会回来投案自首呀。"

赵大说："这几天我也在考虑这个问题，我向局长汇报过了，推断这伙人主要从事网络犯罪，咱们在这方面的侦查经验有所欠缺，还需要继续学习。为这次案件成立的专案组，我不想事毕解散，打算继续保留，主攻网络犯罪，早晚有一天我们会把这伙人抓住！"

专案组通常是为了特定案件专门组建的，参与的人员来自各个部门，办完解散各回各家，将专案组保留继续侦查这样的操作还是头一回。我问："那接下来我们做什么？目前没有继续追查的线索了。"

赵大说："这个专案组从现在开始就专攻网络犯罪案件，积蓄力量，积累经验，涉案的钱肯定还在国内，这伙人早晚还会出现的。"

回到北连市后，大队安排了一间新的办公室，给我们几个人用，门上挂了个"专案组"的牌子，惹得大队同事好奇地探头张望。

虽然专案组成立的目的是打击网络犯罪，可万事开头难，刚开始没有案件，我们几个人坐在办公室喝茶聊天看报纸，和即将退休的老干部差不多。这让我们几个平日里的大忙人极其不适应。

这样的日子持续了十多天，办公室桌上的电话终于响了。坐在旁边的麦sir接起电话，说了句有案子，便按下免提键将话筒合上，让我们都能听到通话内容。

电话那头传来声音："我是指挥中心的，刚才平安所接到一起报案，说有人见网友后失踪了。刚才我联系刑侦大队，赵大让我把情况报给你们专案组。"

来活儿了！

西城分局的所有警情都由指挥中心处置，接到报警后先发派给属地派出所，属地派出所出警后会反馈具体情况，根据案件性质再分配给所属部门。一般案件就由属地派出所处理，重特大疑难案件交给各个业务大队，这起见网友失踪的案件理应归属刑侦大队管辖，现在电话打到我们这里，说明赵大将这起案件交给我们专案组来调查。

见网友失踪！看似与网络犯罪沾点边，不过失踪的原因千千万万，没调查清楚前不能妄下结论。我们心里都清楚，失踪这种事不确定因素太大，一旦出事就是大事，于是我们几个立刻出发赶往平安派出所去见报案人。

报案人是一名女性，名叫宋欣，今年二十八岁，化着淡妆，穿着一身西服工装，手里握着手机，见到我们时手还在微微发抖。我倒了杯水，她拿起来一口气全喝了，又深呼吸几次，酝酿了一会才平静下来。

我和黄哥分坐两边开始问："别紧张，你来报警说自己朋友见网友失踪了？你详细说说是怎么回事。"

"我同事章云彬一周前去见网友，然后就失联了。我怕他有危险才来报警。"

我问："他去哪儿见网友？在哪认识的网友？你能不能说详细点？"

黄哥这时打断我，问道："你和他是同事关系？为什么是你来报案？他的家人呢？"

宋欣愣了一下，停顿了一会才犹犹豫豫地说："他的家人不管他，没办法我才来报案的。他和网友是在QQ上认识的，他去的地方是……"

没等她说完，黄哥又问："你把章云彬的基本情况告诉我们，身份证号码、手机号码什么的都行。"

她接过我们递来的纸，写下了章云彬的身份证号码。黄哥转递给麦sir，然后示意宋欣继续讲。

她这才继续说："章云彬去的是石城市，一周前走的，当时我送他到火车站，他在车上还给我发过信息。可是从那之后，我就联系不上他了，一直到现在他的手机都是关机状态。我也找过他的家人，但他们说不管，我怕他出事才来报警。"

我坐在旁边观察到，宋欣的语速很快，表情也很焦急，而且伴随着丰富的肢体动作，尤其说到失踪时，手部动作很明显，从情绪反应看不像在撒谎。可是一名三十多岁的男性失踪，却由单位的女性同事来报警，这种情况很不寻常。

我问："他去见什么网友？你怎么知道的？为什么是你送他去车站？你和他是什么关系？"

宋欣迟疑了一下，焦急地说："哎呀，你们就别问这么多了！他是替我去见网友的，现在失踪了，我当然要来报警了！我觉得他肯定遇到危险了，不然怎么会连电话都打不通？你们快想想办法，这都已经一周了。"

宋欣话里话外明显避重就轻，一直在强调章云彬有危险，对于见网友的缘由却绝口不提，而且遮遮掩掩。她说话语速快，思维清晰，表达能力强，却不正面回答我们的问题，明显在掩饰什么。

我先对她安抚一番后，让她在办公室稍等片刻。黄哥跟着我走出办公室后递过来一个眼神，我俩心领神会，这事必定另有隐情，麦sir已经去调查章云彬的基本情况了。

黄哥刚抽了半支烟，麦sir就回来了，往办公室里看了一眼，低声对我们说："章云彬是本地人，父母都健在。我刚才打电话问了，章的父母说这个宋欣一直在追求章云彬，章为了摆脱她在一周前辞职去了外地，他们让我们不要搭理她。"

我说："不对吧，宋欣不像是个为了感情问题报警的人，我感觉他俩像是有点债务关系。"

黄哥使劲抽了一口烟，然后把烟蒂掐灭说："两边都没说实话，这里面肯定有事，咱们再好好问问。"

我们三个人又回到办公室，宋欣见我们进来明显有点紧张，我们也不打算浪费时间，开门见山地说："我们刚才已经联系章云彬父母了，他们说你在追求章云彬，所以他才刻意躲着你，让你别骚扰他了。你解释一下这是怎么回事。"

宋欣听后目瞪口呆，缓了半天才回应："我没追求过他！他父母是这么说的？我只是担心他，毕竟他是替我去见网友然后失联了，如果你们都觉得跟我没关系的话，那我也不管他了！"

说完宋欣站起来要走。黄哥拍了下她的肩膀，让她坐下，说："你别着急。他替你去见什么网友还没说清楚呢，万一真有危险的话，我们不会袖手旁观的。"

这次宋欣想了想才说："我在网上认识了一个人，这个人想约我见面，我不同意他便总骚扰我。章云彬知道后说愿意帮我，他提出替我去和这个人见面，让对方别骚扰我了，结果他去了后就没消息了。"

"你俩是男女朋友？"

"不是。"

"那是他正在追求你？"

"也不是。"

"那他是怎么知道有人骚扰你的？是你告诉他的吗？"

"都不是。哎呀，你们别问了，快帮我找人吧。"

看她的反应我心中不由得一笑，这个人性格简单，说话直来直去，撒起谎来破绽百出。一般这种人都没什么坏心思，她肯定是真的担心章云彬的安危，可从她的表情还能看出她有所隐瞒。我觉得她隐瞒的事情才是章云彬消失的关键。

黄哥搬了把椅子坐到宋欣身旁，开始做她的思想工作："小姑娘，我知道你现在很着急，但是我知道你没和我们说实话，对不对？人现在失踪了，我们也很着急，但想要把人找出来，你必须和公安机关说实话。你多隐瞒一点，就会多耽误一点我们找人的时间。"

宋欣看起来有些犹豫了。看着她一副欲言又止的模样，黄哥继续跟她聊。

黄哥审讯时的特点就是能抓住对方的破绽，找到对方的弱点，现在他看出宋欣有所顾虑，于是把这当作突破口进行劝慰。过了二十多分钟，宋欣终于点了点头，决定向我们说实话。

原来宋欣在网络上被人勒索了，章云彬替她拿着钱去找对方谈判，结果一去杳无音信。宋欣前不久收到一封邮件，其中附件是一段不雅视频，里面女主角的脸与宋欣一模一样。对方在邮件中索要一笔封口费，否则就会将录像发给她的朋友和同事。

遇到这种事后宋欣慌了神，不知道该怎么办。过了两天后章云彬找到她说在境外的网站上看到一段不雅视频，里面女主角的面孔与宋欣一模一样，便来告诉宋欣一声，还问宋欣是不是有人要抹黑她。

宋欣一听身边有人看到视频更害怕了，便向章云彬讲述了事情的来龙去脉。章云彬提议报警，可正在这个时候，对方给宋欣发邮件说，只要她报警就把视频发给所有她认识的人。

思前想后宋欣还是妥协了，答应花钱消灾。在宋欣决定转账时，章云彬提出必须当面把视频删除才行，以免对方拿到钱后反悔。对方答应得很痛快，说可以在自己所在的城市和宋欣见面。宋欣不敢自己去，更不希望别人知道这件事，这时章云彬提出愿意帮忙去一趟，让对方当面删除视频并保证以后不再骚扰宋欣。

听完后我问："所以章云彬拿着你的钱去石城市，然后失联了？"

宋欣低着头搓着手嗯了一声。

这可不是单纯的失踪案件，而是一起敲诈勒索案，并且手法很隐蔽，以至于宋欣虽然来报警了但整个人还是稀里糊涂的。这起案件想查清楚不难，但后续处理是个问题，最关键的就是找出证据与嫌疑人的关联性，目前看嫌疑人可能已经破坏了证据。想到这我们看了看麦sir，这是他擅长的领域，但这次难度和挑战性又提高了。

轮到麦sir来问宋欣了:"给你发视频的邮箱地址你还记得吗?"

宋欣摇了摇头回答:"我把邮件删除了。"

麦sir又问:"那视频呢?"

"也删除了,我都给删掉了。"

她主动删除视频说明根本没有报警的打算,可以说没给自己留后路,一旦对方反悔她一点办法都没有。不过也正是因为这种性格,她才会被对方选中吧,换作一个内心强大、脾气倔强的人,肯定第一时间就报警了。

这个嫌疑人应该认识宋欣,所有的操作正好击中她的软肋,把小姑娘拿捏得死死的。

麦sir继续问:"视频是用什么设备看的?完整看过一遍吗?"

"用手机看的,当时我用手机登录的邮箱,视频全看完了……"

"那就行,你把手机给我,还有解锁密码。"

"你要干什么?"

"我们要通过手机把勒索你的人查出来,看看到底是谁。"

"可是……"

宋欣还想说些什么,被我拦住了。一番劝说后,她犹豫了一下最后还是把手机交给了我们。看着她一脸不情愿的表情,我心里五味杂陈,"完美受害人"这个称号可以说是为她量身定做的。

案件并不复杂,听她说完我们心里基本有数了。我和黄哥一起陪宋欣聊天,一方面是为了开导她,一方面也为了帮她缓解压力,麦sir在旁边把手机连接在电脑上当场开工。

手机中被删除的内容是可以恢复的,因为手机并没有真正地把内容抹除,只是把它们隐藏起来了，删除内容后多出来的储存空间，其实里面依然存放着原来的信息，只不过手机系统会把这部分空间看作空余空间。一个最明显的例子就是，当你想重新安装一个删除过的软件时，你会发现安装速度要比第一次快得多，这其实就是把内容还原了，而之前留下的使用操作痕迹也会一起还原。

手机在储存信息时会优先使用真正的空余空间，直到储存满了才会使用假空间。比如一部256G容量的手机，在使用了200G的容量时，真正的空余空间只有56G，即使你删除了100G的数据，但那100G的空间也仍然被占用着，只不过是隐藏了其中的内容。只有等剩余56G的空间也被存满后，再删除数据，此后新增加的内容才会把之前的内容覆盖掉，用麦sir的话说是顶掉，这时之前的信息就没法恢复了。而平时删除文件，手机提示"是否完全删除，删除后不可找回"的意思是无法找回操作痕迹。

这种设置主要是为了减少储存设备的读写次数，延长使用寿命。现在科技日新月异，储存设备也不断更新，很多新款手机已经不用这种方法来延长设备的使用寿命了。

幸好宋欣的手机不是新款，但麦sir打开她的手机时吓了一跳，储存容量都快满了，问："你手机里都存了什么东西？怎么占了这么多容量？"

宋欣有些不好意思地回答："都是照片，我出去玩的时候拍的。"

麦sir问："这些照片只存放在你手机里吗？我的意思是你有没有发布出去，比如在朋友圈发一些？"

宋欣说："那肯定会发呀，一般我出去玩都会发自己的照片。"

说着宋欣将手机拿回来打开微信朋友圈给我们看，基本每隔几天她就会发一组九宫格自拍。往下一拉粗略计算，朋友圈里有上百张照片，大多数都是各个角度无遮挡的自拍，而且还是脸部近景或特写。

麦sir将手机接过来点了几下，说："别人在微信上添加你为好友时，不需要你手动通过验证，你的朋友圈还设置成所有人可见，这不是随便一个人就能把这些照片全拷贝下来吗？"

宋欣问："是这样的，不过朋友圈的照片被人看见就看见呗，发朋友圈不就是让别人看的吗？"

麦sir停顿了下，继续说："有了这些照片就可以用AI视频软件制作出想要的视频来。"

宋欣一听这才恍然大悟，急忙问："你是说邮件里的视频是用我朋友圈发的照片合成的？"

麦sir点了点头，他把手机连在读取器上。这个机器是在麦sir的建议下大队从部三所买回来的，他在去年的中国国际警用装备博览会上就看上这个机器了，这次终于有机会拿下。读取器是一个存储扫描设备，方形的盒子，上面有各种接口。手机的存储设备都设有加密保护，一般情况下想要把里面的内容导出来可能会出现乱码或者缺损，但这个设备具有模拟厂商授权的功能，能把存储数据完整导出来。

锁定扫描内容后，机器很快把手机里的视频文件读取出来了，之前宋欣删除的视频就在其中。这是一段只有十六秒的视频，一看便知是从成人电影中截取的，只不过使用了AI换脸技术，把女演员的脸变成了宋欣的。

AI换脸技术与我们想象的不太一样，它并不是可以随意换脸，使用换脸软件时需要大量的素材支持，而宋欣不设限制的朋友圈照片正好满足了这个要求。

麦sir指着视频说："这个视频只有十六秒，使用的合成软件是试用版的，没付费所以只能合成这么长时间。"

我说："试用版也不错啊，乍一看还挺逼真的。"

麦sir回头瞅了一眼宋欣，说："那是因为素材太充足，各个角度的人脸照片全都有，所以合成起来才更逼真。"

听完这话宋欣满脸通红，低下头不敢看我们。

黄哥说："看来嫌疑人的技术手段并不高明，连用的软件都是免费版的，可能就是一个普通人，把他找出来应该不难吧？"

麦sir说："现在咱们要倒着查，看看他是怎么找到宋欣的。"

宋欣一听急忙说："我的邮箱是与手机号码绑定的，知道我手机号码的人都能给我发邮件，但是这封邮件我已经删除了。"

麦sir说："那完了，想知道你的手机号码太简单了，通过这种方式找到你的人没有一千也有八百。"

宋欣顿时情绪低落，很可能是想到这段时间遭受的折磨和压力，一股委屈跟着涌上来，鼻子一酸眼泪充满眼眶。她泪汪汪地问："那你们还能把那个人找出来吗？"

黄哥赶紧抽出两张纸巾，安慰她说："你别哭，放心，他跑不了，我们现在就能把人抓回来，但得先拿到他的犯罪证据。"

宋欣一脸不信："现在？你们知道那人是谁吗？"

其实嫌疑人就在眼前，宋欣说完后我们就隐约想到一个人。麦sir说："你刚才说章云彬在境外网站上看到了你的视频？在哪个网站你知道吗？他给你看了吗？"

宋欣回答："哪个网站我说不清楚，他是拿着手机给我看的，软件的图标上画着小鸟，他说这个是境外的软件，他在上面浏览时偶然发现了视频。"

又是这个平台！这玩意儿已经成为犯罪分子的必备软件了。这个平台不审核上传的内容，各类涉黄涉赌甚至涉毒的内容都可以在上面发布，而且用户注册不需要实名认证，可以完全掩盖住自己的身份。这简直是一个违法犯罪的温床。

我问麦sir："能通过平台查到这个人吗？"

麦sir说："很难。上面的流量太大了，不过这是个合成视频，而且目的性比较单一，特征也很明显。如果对方没有删除，也许能用嗅探工具找出来，我先试一试吧。"

我们让宋欣先回去等消息，又嘱咐她不要再联系章云彬了。从我们的话中宋欣想必也能听出点意思来，不过她显然不太相信我们的判断，在她眼中，章云彬在人情淡薄的社会中主动向她伸出援手，几乎是以一个正义骑士的形象出现，宋欣无论如何也想不到这件事会与他有关系。

嗅探工具是一系列软件的统称，最早用于下载网络视频，很多网站不允许下载视频仅支持在线观看，嗅探工具能绕过屏障实现直接下载。后来这种工具不断更新，现在已经能够按照要求在网站上检索相关信息，有点类似爬虫工具，但操作更简便。

平台上的信息十分庞杂，如果正常使用嗅探工具搜索，别说三五天了，就是上百天也筛选不出想要找的内容。可我们心中已经有了目标，尽管宋欣把收到的邮件删除了，但麦sir还是找到了发送的邮箱，是个三无号。我们判断把视频上传到平台的人与发邮件的应该是同一人，那么这个账号也应该是个三无号，并且注册用的邮箱账号和发邮件的账号很可能是同时申请的，肯定会有相似的地方。

麦sir选择按照账户名称来进行"嗅探"，也就是以发送邮件的邮箱账号为参考基准，一点点扩大范围搜索。

六个小时后终于找到了这个视频，发布账号的注册邮箱，与之前给宋欣发勒索邮件的邮箱仅差一位字母。这个字母插在账号名中间，幸好对方在这方面的警惕性不高，如果再多加几位字母，恐怕我们就不能这么快找出来了。

看着两个几乎相同的邮箱，我们可以确定这件事是同一个人干的，疑点就在章云彬身上。我们用嗅探工具花了六个小时才找到这条视频，章云彬是如何偶然刷到的？短视频平台很早就用大数据来进行推送了，像这种三无账号发布的视频，除非直接搜索账号来看，不然你可能永远也不会刷到。

显而易见，章云彬肯定知道这个账号，要么他与账号所有者认识，两个人串通做了个局，要么这都是章云彬自己一手策划的。

情况逐渐明朗，但案件侦办要看证据，目前章云彬只是最大的怀疑对象，接下来我们得把他与这件事的关联查出来。

麦sir仔细检查了这个账号：两周前用谷歌邮箱注册的，没有关注对象，也几乎没有粉丝，一共发布了两个动态，一个是宋欣的换脸视频，另一个被锁，看不出来是什么，发布时间是今天。

麦sir说："这个AI换脸软件没有手机版，视频需要在电脑上合成，我猜测上传时用的也是电脑。我觉得现在可以抓人了，抓到人后把他使用的电脑打开检查一下或许就能找到证据。"

黄哥问："有没有更稳妥点的办法？章云彬嫌疑最大，但现在都是咱们的推测，如果有确凿的证据再抓人我觉得更好。"

我对麦sir说："使用境外平台肯定要用VPN，之前你不是能通过网络数据查到VPN的使用痕迹吗？咱们可以按照时间先查一下。如果在视频上传的时间章云彬使用的电脑正好有VPN的相关数据记录，那么就没问题了。"

网络数据的传输都会有痕迹，虽然它不能记录传输的数据内容，但是对数据的流向会有一个记录。通过查询记录就能知道是否使用过VPN。

麦sir点头同意，我们几个开始行动。章云彬的情况我们已经查清楚了，他自己住在一间公寓里，虽然没有居住登记可想找出具体位置并不难。现在是信息时代，每个人都与网络有密切的联系，它无时无刻不在你身边，你在不经意间就会留下痕迹。

针对不同的人要用不同的方法，章云彬是独居，按他的年龄自己做饭的次数不会太多，平常生活肯定是以点外卖为主，外卖平台会在各个区域里设立服务站，在这里就能查询用户信息。我们有章云彬的手机号码，输入手机号码就会显示出关联的外卖送餐地址。这些信息对送餐骑手是隐藏的，但以办案为由，我们很快就查到了章云彬所住的公寓。这套房子是他租的，但他已经退租了，现在空置着。

我们联系房东进了屋子，麦 sir 开始检查 Wi-Fi 路由器。这个路由器来自一家知名品牌，在用户联网时会产生数据日志。我们按照换脸视频的确切上传时间，打开日志查看，结果没发现 IP 变动的痕迹，说明在此期间章云彬没使用过 VPN。

正当我疑惑的时候，麦 sir 提出一个建议："要不咱们去他公司看看？章云彬有办公电脑，也可以上网。"

我们三人又赶到章云彬和宋欣所在的公司，结果在公司的数据包中很快就找到了使用 VPN 的痕迹，心中的石头落地了。章云彬在离宋欣仅仅三米远的位置上传视频，这一点有些出乎我们的意料。

第二天我向赵大汇报了情况。赵大听完为宋欣的天真叹了口气，说："你们抓紧时间把章云彬抓回来。"

宋欣找不到章云彬，但我们能找到他。这个人警惕性不高，他自以为做得天衣无缝，认定胆小怕事的宋欣只会打落门牙往肚子里咽。我们查了一下交通行程，显示章云彬确实去了石城市，随后位置再没有变化。

他没有刻意隐匿行踪，虽然石城市不小，可找出一个正常生活的人并不难。我们只用了半天就把他找了出来。

章云彬一次得手后肯定会继续作案。这种敲诈勒索的目标选择很重要，作案者必须对受害人有所了解，还要能拿到对方的大量照片来做视频，所以公司的同事是最好的目标，加微信好友不会引起怀疑，通过工作接触还能了解到日常生活习惯，而且有些公司女性居多，选择范围更广。

我和麦sir商量了一下，章云彬的朋友不多，社交生活简单，很可能会延续在同事里寻找目标的作案手法。按照这个逻辑来推断，他在石城市待了一周，说不定已经找了份工作开始物色新的猎物了。麦sir在招聘软件上查了一下，果然通过留存电话找到了章云彬的信息，确认他曾在石城市的一家公司进行过面试。

正当我们准备去公司抓人时，麦sir注意到疑为章云彬所注册的短视频平台账号的另一个动态解锁了，点开后发现又是一个合成的不雅视频，只不过女主角的脸不是宋欣，而是另一个人。通过人脸识别我们很快锁定这张脸所属者的身份信息，正是章云彬新入职公司的同事。

我们正苦于没有现实证据，于是决定主动出击，利用这次机会来个人赃俱获。当晚我们找到这名女子，她的年龄与宋欣差不多，看着挺文静柔弱的，可聊天时我们发现这人很有主见。她先是有些吃惊，说没想到自己刚收到勒索邮件警察就能找上门，然后说她正准备报警。

我告诉她我们已经追踪这名疑犯很久了，所以才能及时发现这个情况，然后问她愿不愿意配合工作，她毫不犹豫地答应了。

考虑到章云彬与这名女子在同一家公司工作，为防止她的情绪有波动，我们没有说出疑犯的情况，只是让她正常上班，按照对方的要求去做，我们会全程保护她。

与前一次一样，勒索者提出花钱消灾，见女子满口应承后他开价十万块钱，让女子准备好后等他的消息。第三天是个周末，临近中午的时候勒索者发邮件让女子把钱装在包里，按时下楼把包给车牌号为石B37E21的轿车司机。

这次章云彬没敢出面，我们分析应该是这名女子比较有主见，他怕自己露馅，而且他也在不断优化自己的犯罪手段。不过用车送货这种方式我见得多了，随后一查，这辆车是网约车。

车刚到就被我们控制住，司机说有人在网上叫车，让他帮忙跑腿取个件，其余的什么都不知道。此前章云彬主要在手机App上联系司机，其间即使换个驾驶员他也不知道，我们把司机的手机留下，换我上去开车，黄哥带着其他人开另一台车在后面跟着。

章云彬设置的行程终点本是长途客运站，可是我刚到不久，他又更改了目的地，我知道他一直盯着软件观察车的位置。不过这种把戏我们见得多了，只要钱在车上他肯定得现身拿钱，我们有他照片，只要他露面就能发现。

第二个地点还是没人，他再次更换了目的地，这次他选了个僻静的位置，一所临街小学的后门，两地相隔不远，我围着商业中心转了一圈就到了。周末学校没人，后门又是常年紧闭，整条街空荡荡的，我停车后四处张望，本以为他会留一手安排别人来取钱，没想到我远远地就看到了章云彬的身影，他鬼鬼祟祟地东张西望一番后向我走来。

见到人后我松了口气，先把车熄火，然后将座位下面的手铐摸出来塞进外衣兜里，透过后视镜盯着章云彬。眼看着他来到车边报出自己的手机号码，然后拉开后车门把那包现金提出来。

我紧跟着下了车，对他说："你还落了点东西。"

章云彬毫无觉察地说："车费我在手机上支付。"

"我不是说车费，我说的是这个。"

我从外衣兜里掏出手铐，趁他愣住这刻一把揪住他的衣领，抬脚横扫将他放倒。这时后面的车呼啸而至，几个人一起冲下来三两下把他按住。他被抓后还没等回到北连市就全交代了。

章云彬供述自己对成人网站上的AI合成视频产生了兴趣，经过一番钻研后学会了使用相关软件。起初章云彬是用自己身边人的照片合成视频满足恶趣味，随后他在论坛上与人交流技术时，发现有人用制作的视频来敲诈勒索，于是受到启发开始琢磨实施犯罪。

宋欣其实是第二个被害人，第一个被害人是另一名同事，章云彬第一次敲诈时被人家发现端倪，对方男友差点找到章云彬本人，这把他吓得够呛。之后章云彬就不敢继续在这个公司待着了，临走前他不甘心，又选了宋欣这个老实人下手，结果敲诈成功让他欣喜若狂，自以为找到了发财致富的路径。

这是章云彬第一次作案成功，但他也知道自己的行为属于敲诈勒索，是违法犯罪，因此得手后有些后怕。他怕宋欣发现这一切都是自己策划的，怕自己再见到宋欣会露出破绽，于是心一横直接与宋欣断了联系，没想到他这个举动反而导致宋欣去报警。

这也是犯罪分子一个常见的心理弱点，即使是多次作案、经验丰富的惯犯，也会习惯性避开自己第一次作案时的场所。

在离开北连市后，章云彬便再无顾忌，急不可待地开始下一次行动，继续用同样的手法来进行敲诈，他自以为猎物到手，但其实早已被真正的猎人盯住。

005

真假女主播，靠 AI 技术物色绑架目标

AI 不停地抓取在直播间中进行过打赏的账号发布的视频，从视频中分析这个人的基本条件。很多人的视频号中没有太多个人生活的内容，表格中这个账号后面就几乎都是空白，但有的账号发布的内容很多，只要是关于钱的视频都会被抓取。

目前为止，AI 已经抓取了五千多个账号的信息。

局里对我们快速侦破章云彬敲诈勒索案的表现很满意，同时也意识到对网络犯罪的打击力度似乎是刑侦工作的一个薄弱之处。

经过开会讨论局里决定加强对网络犯罪的重视，从网安大队和刑侦大队分别抽调人手组成一个专班，统一由刑侦大队长赵雷负责，专门打击网络违法犯罪。

专班成立之初，我们的工作重点还是追踪之前那个与林炜有关的境外犯罪团伙，可半个月过去了，那伙境外犯罪分子全都销声匿迹，连之前使用过的相关网络账号也没再出现登录记录。

一晃又过了几天，赵大召集我们开会，说是要布置新任务。

赵大这个人心直口快，说话从来不拐弯抹角，这次却一反常态，在布置任务前做了一番铺垫，结果自己先把实话说出来：这个专班在没有专项案件时就相当于重案四队。

我们这才知道，布置的任务总结下来就是一句话：继续干重案的活儿，专班就是刑大，刑大就是专班。

俗话说新官上任三把火，我们有了新的职责，正愁找不到火苗，就有人来报案说自己被绑架了。

绑架是七大罪之外最严重的犯罪，遇到这种案件时，派出所通常会将案件直接移交给刑侦大队，然后由重案队负责。我心想，难道真把我们当成重案四队了？一问才知道，这起绑架案与网络有关，报案人称自己是被网友绑架了。

被害人姓徐，四十多岁，人称老徐，是个做生意的小老板，虽不算富甲一方，但也财力颇丰。

我们让老徐说一下被绑架的过程，老徐还有些扭捏，不太好意思，顾左右而言他。狐狸一下就看出问题所在，直击要害对老徐说："不就是男女那点事吗？这么大的人有什么不好意思的？"

窗户纸被捅破了，老徐这才向我们说出实情，确实是男女之事，但还有点不同寻常。

老徐称自己被视频主播绑架了。

老徐的生意是小众商品，客户单一，所有事都是他亲力亲为，需要长期在外地出差，便因此与妻子聚少离多。老徐本身也没什么社会交往，妻子整天在家忙着照顾孩子，对他的关心也不多。

人在成功后都希望获得关注，老徐也一样，但他并没有因为赚钱而享受到众星捧月的感觉。于是他开始尝试在手机上发布视频，内容都是诸如在豪华餐厅就餐、购买名表、驾驶豪车之类，总之是以炫耀自己的生活为主。可网络上的内容真真假假，老徐的视频不但没引起多少关注，反而挨了不少骂。

但通过发布视频的平台，老徐逐渐喜欢上看别人的视频，后来又从看短视频转到看直播，尤其是漂亮女主播的直播。这种直播会与网友互动，网友还可以打赏，正好满足了老徐的需求。每次直播互动高兴了，老徐都会打赏，一掷千金为红颜。

时间长了，老徐慢慢有了喜欢的主播，打赏也变得固定起来。久而久之他成了某个女主播粉丝排行榜前几名的人物，偶尔还能冲上粉丝榜首。而女主播也渐渐注意到老徐，频频与他互动，再加上直播间网友的吹捧，一下子把老徐松散多年的兴奋神经挑动起来。

老徐终于得到了他渴望的关注，用他自己的话讲，他活了四十多年，终于在网络上发现了生活的真谛，享受到真正的人生。

作为直播间的常客，老徐渐渐了解到一些关于直播的潜规则，知道打赏多了可以约主播线下见面。网友说像他这种消费水平的人等着主播约就行。老徐也觉得自己消费了不少，心里早已长草了。

果然有一天老徐收到私信，看起来是女主播的小号，约他线下见面，老徐觉得这一切都是水到渠成。然而等到老徐兴致勃勃赴约时，却发现女主播长得和直播里差距不小。女主播说直播都开美颜，真人就是这个模样，于是老徐鬼迷心窍，喝了点酒后就和女主播在酒店过了一夜。

第二天早上老徐酒劲没过开不了车，女主播就帮他叫了辆车。车开出去不远后突然停下，左右冲进来三个人把老徐控制住，还给他蒙上眼罩，就这样老徐被绑架了。

老徐当时吓坏了，他不知道自己被带到哪里了，解下眼罩发现周围都是荒地。他以为对方要撕票了，没想到这时对方拿出来一段视频，是老徐与主播昨晚在酒店的录像，而且视频已经被传到网络上。绑匪说如果不想让视频流传出去，就拿出二十万块钱。得知这是对方绑架自己的目的后，老徐想都没想立刻就答应了。他去了四家银行取了二十万现金交给对方，对方拿到钱就开车走了，老徐也不知道网上的视频有没有被删。

其实老徐害怕的是绑架后被人撕票，绑匪以散布视频为由来要钱对老徐来说反而有种劫后余生的感觉，以至于下车后老徐自己先跑了，跑得比绑匪还快。

冷静下来后，老徐越想越觉得不对劲，自己上了女主播叫的车就被绑架了，这不就是对方设计的陷阱吗？思前想后老徐决定来报警。

案件挺稀奇，作案手法也挺缜密，还用上了心理战术——如果单纯用视频来勒索，肯定会有人选择硬刚到底，可放到绑架这个生死攸关的情况中，很少有人能拒绝这个要求。而且与通常绑架动辄几百万的赎金相比，勒索的钱数也完全在被害人的承受范围内，因而可以把报警可能性降到最低。

"事后你与女主播还有联系吗？"我问。

"没有联系，我觉得见我的那个人不是女主播。"老徐说着拿出手机，打开视频号找到自己打赏的那名女主播，长相确实让人眼前一亮。

她有七十多万粉丝，榜单前几名的打赏贡献值都是以十万计的。也就是说，想上榜起码得打赏十万以上，在榜单二十多名才看到老徐的账号。

"你把对方和你联系的号找出来我看看。"我说。

老徐把私聊账号点开，我一看是个三无小号，除了头像是女主播，里面放了几个女主播的短视频外再无其他。这个号码唯一关联的信息还是一个虚拟手机号。

"这是她的小号，一般小号上都没有其他信息。"老徐一个劲地解释说。

视频软件需要实名注册才能开设直播和发布视频，而账号之间的点赞和关注又是开放的，谁都能看见。比如关注了一个主播就能看到她的好友和她点过赞的人，这相当于把个人隐私都暴露了。所以主播会建一个小号，用小号来进行私人沟通和联系，这样才能有私密性。

老徐知道这个规矩，所以毫不怀疑地信任对方，却因此落入圈套。

案件并不复杂，但关键点是绑匪如何选择被害人。他们为什么选中老徐呢？

麦 sir 觉得绑匪发私信一定经过了筛选，老徐只是符合条件的其中一人，类似的案件肯定还有，只不过其他人没报警。

我们问老徐不雅视频是在哪看见的，老徐说他当时害怕没注意，但肯定是在某个网站上，视频周围全是五颜六色的赌博广告。

"我来找一找。"麦sir说。

"你怎么找？网站这么多！"狐狸问。

"这种铺满了赌博广告的网站几乎都是镜像，十多个不同名字的网站其实内容都一样，只有一个主站点。而且网站的视频更新也不快，昨晚发生的事，今早就被传到网上，应该能找出来。"麦sir一边说一边坐到电脑边进入了工作状态。

麦sir是个闲不住的人，大家在清闲的时候都是喝茶、侃大山，他就在那闷头鼓捣电脑，现在才知道原来他是盯上了这些博彩网站。这些网站都是做成色情网站吸引流量，本质上是靠网络赌博赚钱。

麦sir的办公桌上摆的是一台双屏显示器，一下子打开四五个网页都能并排显示出来。

"这些网站都是？"狐狸站在后面问。

"这些都是镜像网站，来自一个主站点。你看，是不是这个？"

麦sir按照视频上传时间检索，很快就在其中一个网址找到了老徐被偷拍的视频。

视频拍得不是很清晰，但认识老徐的人肯定一眼就能看出是他，是用密录设备拍摄的。

我问狐狸："你知道这是哪家酒店吗？"

"西顿酒店，这是主播选的地方。"老徐说。

于是我们兵分两路，我和狐狸去西顿酒店调查开房信息和密录设备，黄哥和麦sir带着老徐去找视频号的主播，把小号的事调查清楚。

根据老徐的叙述，他是跟着主播来到西顿酒店，看到主播拿出房卡刷开屋门，按理说这个房间应该是主播订的。可我们来到前台按照主播的身份证查了一下,没有发现登记记录,接着又把当天所有开房的人中符合这个年龄段的女性照片都查了一遍,还是没发现主播。

"看来还有同伙呀。"狐狸说。

房是别人开的,主播只是拿着房卡入住。

"只能从房间反查了。"我说。

我和狐狸来到监控室,在监控中老徐跟着主播进了1120房。这间房间的开房人叫宋佳轩。我联系情报大队查了一下这个人,发现他在电子城有一个摊位登记信息,内容是销售电子监控产品。

这就对上号了,他先开房安装好隐秘的摄像头,然后主播带着被害人进屋录制视频,他与主播是同案犯。

在酒店我们还根据老徐离开的时间查出了接他的车,是一辆白色小轿车。车牌号是一个纯数字号牌,一看就是假的,因为从十年前开始新申领的车牌就变成字母加数字的组合了。而且这台车并不旧,我让队里的人按照车牌号码查一下,结果发现这个号牌的车早已注销报废。

罪犯挂了假车牌,才敢在酒店门口开车将人拉走。我们决定将这条线索放在一边,先去找已经确定身份的嫌疑人。我和狐狸正准备直接去宋佳轩家里,情报大队发来消息说这个人昨晚已经乘火车离开北连市,目的地是临海市。

跑了?追!我和狐狸也买了车票赶赴临海市。

黄哥那边很顺利,主播很配合,经过核实她的轨迹信息发现,在老徐被绑架那天,主播一直在工作室上班,从来也没去过北连市。而且麦sir告诉我,主播真人与视频中相差无几,看来老徐遇到的的确是一个假主播。

可令老徐伤心的是,这名正牌主播对老徐毫无印象。虽然老徐也曾在粉丝榜单上出现过几次,偶尔还曾上过首位,但对主播来说只是一个过客。真正的消费大户会被拉入另外一个更高级的直播间，老徐的消费还不够门槛。

既然有人被假主播骗，黄哥便询问主播有没有因为这件事受到波及？主播说自己经常会接到辱骂她的私信，早就习惯了，看到就直接拉黑，就算里面有被害人她也不会注意到。

麦 sir 问主播能把这些拉黑的账号找回来吗？他想看看在这些人里能否发现新的线索。主播配合我们试了一下，发现很多账号都已经注销了。

犯罪分子把主播的粉丝列为勒索对象，精心挑选的被害人有三个特征：

一是他们在主播这里表现出一定的消费水平，能让他们相信主播会用小号主动联系自己；

二是他们在粉丝中还不是顶级，真主播根本记不住他们，有了信息差假主播才能成功；

三是最关键的，被害人具备支付赎金的能力，而且碍于社会身份不敢报警。观看直播打赏的人不少，但其中到底哪些人真正具有经济实力呢？

麦 sir 决定和老徐谈一谈，看看他具备什么样的特征，会引起犯罪分子的注意。

与此同时，我和狐狸则来到临海市。此刻宋佳轩已经使用自己的身份证件订了一个房间。

还敢使用身份证，说明他离开北连并不是逃跑，看样子是要继续作案。

发现宋佳轩后，我和狐狸没有立刻抓捕。我在思考如果他们继续作案的话，是不是能借这个机会将他们一网打尽。可惜麦 sir 的电话把我的"美梦"敲碎了。

"你们找到宋佳轩了吗？"麦 sir 问。

"找到他住的酒店了，看样子还要继续作案，我还在犹豫是不是应该等等再动手……"

"动手吧,我这边已经漏了。"

"漏了"就是暴露的意思,犯罪分子已经知道警察要抓他们了。这是在蹲坑抓捕、守候等待时最怕听到的词,说明前期工作全白费了,嫌疑人有了准备。

"漏了?怎么漏了?"我有点不敢相信,追问道。

"我检查了老徐的社交账号,没想到他什么东西都往视频号上发。前天发了一个视频,标题是'天网恢恢疏而不漏',视频内容是刑侦大队门口,他说要将犯罪分子捉拿归案。这不相当于给对方通风报信吗?"麦 sir 气呼呼地说。

听他这么一说,我和狐狸决定赶紧动手。

我们找前台做了张门卡,直接推开房门。此刻宋佳轩正躺在床上玩手机,看到有人进来了连身子都没起,看着我们问了一句:"你们是干什么的?怎么没敲门就进来了?"

我快走两步来到床边,宋佳轩这时才开始发慌,想从床上起来,被我抬手死死压住。我掏出警官证抵在他脸上,说:"我们是警察,你老实点!"

宋佳轩很听话,躺在床上还举起了双手。

"我们是北连市公安局的,知不知道为什么来找你?"我问。

"你们怎么知道我在这?"宋佳轩没回答,反而先问我们一个问题。

"你跑到天涯海角我们也能知道。别废话,先回答问题。"狐狸说。

"我什么都没做呀!"宋佳轩瞪大眼睛一脸无辜地说。

什么都没做的人可不会像他这样,老老实实地戴上手铐,一不问原因,二不问事由。上来先问怎么找到他的,这种人肯定干过不少违法的事,只是拿不准警察是为哪一件来找他。

"你是做什么工作的?"我问。

"安装监控的,我在电子城还有个摊。"

"你是光明正大地安装监控吗？把你偷偷摸摸干的那些事说一说吧。"狐狸给他提了一个醒。

听到这句话，宋佳轩恍然大悟，连神态都变舒缓了。

"我在酒店房间安装过密录设备，你们要问的是不是这件事？"宋佳轩用试探的口气问。

这小子一看就干过不少坏事。我点了点头说："对，我们抓你就是为了这件事，你先自己说一说，我们看看你态度怎么样。"

"我在北连市的好几家酒店都偷着安装了密录设备，然后把录像上传到色情网站，赚了点钱。"

"说详细点，密录设备是你自己主动去装的吗？"

宋佳轩的话一听就是在避重就轻。

"不是。我在一个论坛上看到有人发帖寻找密录设备，正好我店里有一些，我就和他联系。他说他不是要买，而是要找人直接安装在宾馆里，录好视频后发到网站上就能赚钱。我又问如果被人发现不就麻烦了吗，他让我放心，说使用房间的有一个是自己人，上传视频用他的账号，出了事也算他们的，我等着拿钱就行。"

"你在哪个论坛看见的？这个人是谁？你怎么和他联系的？"狐狸一连发问道。

"叫小草论坛，是一个服务器在国外的论坛，上面经常卖各种各样的东西，我就想看看能不能找机会把店里的密录设备卖一卖。刚登上论坛，就有人主动联系我。那个人网名叫日月火焰，他说他在小草论坛有一个商铺，可以帮我介绍客户，我就答应了。他介绍给我一个网名叫超超的人，说他正好需要一批密录设备，我和超超一直通过论坛私信联系。"

需要密录设备的是超超,他与安装设备的宋佳轩中间还有一个牵线人的日月火焰。我们现在的追查目标是这伙绑架勒索的嫌疑人,虽然这个日月火焰也不干净,但暂时还不是工作重点。

我在心里留了一个念想,正好成立了网络犯罪案件侦查专班,等把这起绑架案查完,再去追查日月火焰,他身上肯定有不少违法乱纪的事。

不过这些人出没在小草论坛,我就知道仅靠网络线索很难找到人了。这个论坛不需要实名注册,发布的私信三天后会被自动清空,查不到任何有效信息。

我们还得继续深挖宋佳轩,从他这里追查更多信息。

"你安装好密录设备后,怎么把门卡给入住的人?"狐狸问。

"酒店门口都有外卖柜,我安装完设备后就把门卡放柜子里,然后用论坛私信把密码发给超超,等到第二天中午我自己去退房,说门卡丢了补十块钱就行。"

"你安装一次设备能赚多少钱?"我问。

"每次都不一样,他给我支付的是ETH。这种虚拟货币兑换价值每一秒都有波动,有时候能换一万多块钱,有时候只能换八千块钱。"

这个人支付报酬用的还是虚拟货币,他把一切与自己有关的联系都切断了。

"你把你安装过密录设备的时间地点都说一遍。"

"我有个本子记着,就在我书包里。"

我们打开宋佳轩的本子,上面清清楚楚地记录着某年某月某日,在哪一家酒店安装了设备,后面还标注了虚拟币到账时间和兑换数额。从本子记录来看,宋佳轩是个很仔细严谨的人,可惜选择了犯罪这条路。

"你昨天为什么离开北连市?"我问了他最后一个问题。

"超超在论坛给我发私信,说有人报警了,让我找个地方先躲几天。"

和麦 sir 预料的一样，老徐发布的视频让对方发现警察介入了。这也说明超超是有关注老徐视频账号的，也许从老徐的账号中能发现超超的线索。

我把这件事告诉麦 sir，他又将老徐视频号里的粉丝核查了一遍，只有七个人，都是老徐现实中认识的朋友。说明超超并没有关注老徐的账号，只是偶尔看一下有没有发布新动态。

"那能从浏览过老徐视频的账号中找到超超吗？"我问。

"这个有点难度，需要去查平台的后台运营日志。现在还不是时候，咱们得多找一些被害人之后再去查日志。"麦 sir 说。

我们拿着宋佳轩的本子，找到了六名疑似被害人。这六个人都是乘出租车和假主播一起来酒店的，从监控上看来到酒店时都已经喝了不少酒。

本以为能靠乘车消费记录查到被害人身份，可是车费都是假主播付的，使用的还是没有认证过的微信。没经过认证的微信不能绑定银行卡，但可以使用微信零钱支付，零钱的来源就多了，最简单的就是找一个食杂店付现金，然后商家往顾客微信上转账，直接规避被发现的风险。

最终，我们靠酒店监控的面部识别确定了三个人的身份。人脸识别系统都是用来寻找罪犯的，用来确定被害人还是第一次。这三个人经济条件都不错。一个在银行工作，一个在国企上班，最后一个自己做生意，名下有两台豪华轿车，三人都具有一定的经济实力。

看来这也是绑匪精挑细选的对象。

赵大调集人手分别找到这三个人面谈。经过一番沟通交流后，三个人先后承认了被绑架勒索的事实。绑匪的作案手段与老徐一案如出一辙，唯一的不同是，三个人关注打赏的是三个不同的主播，但所遇到的假主播都是同一个人。

传统绑架需要有熟悉被害人的人帮忙，了解被害人的基本情况、动向、生活习惯等，经过踩点后再实施绑架。而这几起绑架案不具备这个条件。麦 sir 认为如果绑匪完全依靠互联网来了解被害人，那么想找到绑匪也得依靠互联网来反向追查。

这时自己做生意的那名被害人向我们提供了一条信息，他曾一时兴起，给假主播扫码转了一万块钱。虽然他把支付记录删除了，但是账单还在。我们赶紧查了一下对方的收款账号，显示账号经过实名认证，也许是多次成功让她放松了警惕，也许是贪心让她拿出了自己的收款码，总之多亏了这一万块钱，我们终于找到了假主播的真实身份。

收款账户实名叫刘晓娜，北连市人。根据情报显示，她昨天购买了前往长沙的机票，有四名男子与她同时购买了机票，人数正好与绑架团伙一致。

组团一起跑而不是四散奔逃，这让我们节省了不少时间。可抓捕组的人到了长沙却发现除了乘机记录外，这五个人再没有任何信息，没有旅店住宿，没有上网登记，也没有购票信息。机场的监控显示他们五个人下飞机后一起上了大巴车，在市内最繁华的地点下车后便再无踪迹。

看来这五个人比宋佳轩警惕得多。从下车地点来看，他们躲避侦查的经验丰富，故意乘机场大巴来到市里最繁华的地方，从这里开始潜藏，极难追踪。

东方不亮西方亮，这时麦 sir 那里取得了突破性进展，他找到了超超的下落。

一开始麦 sir 就觉察到，获取老徐信息的人肯定看过他发的视频。在软件公司提供的信息中，有六十多个人看过老徐的视频，几名被害人的视频号下一共有三千四百条点击记录，但没有一个账号是重复的。也就是说嫌疑人每次观看被害人的视频都会使用一个新的账号，将自己隐藏起来，伪装成刷视频流量的小号。

麦 sir 只得换一个方向，查账号的视频观看完成度。刷流量的小号只需要把视频点开，不需要看完，然后继续刷下一个，就像翻书页一样，而真正的人会看至少 2—3 秒视频。像嫌疑人这种想靠视频内容获取被害人信息的，肯定会把视频从头至尾全看完。

从这里入手，一下就锁定了十九个将被害人视频都看完的账号。虽然全是三无小号，但其中十七个的登录地址在山西太原，而且十七个账号的网络登录地址也都一致。就这样我们锁定了一名嫌疑人，他办理光纤业务的登记姓名叫房超，超超十有八九就是房超的网名。

我们都有些奇怪，一个住在山西太原的人，怎么会选择与北连市的人一起结伙作案呢？

我们先摸排了一下这个人的基本情况，发现他曾因在网络上散布不当言论而引起恐慌的违法行为被行政拘留五天。看来房超很擅长利用网络流量来赚钱，是个网络老手。以这起案件的影响程度和危害程度，房超却只是被行政拘留，我们猜测大概是因为证据条件不好，无法核实他具体的犯罪行为。这给我们的抓捕行动提了个醒，不能给他抹去证据的时间和机会。

这人反侦查能力比较强，且善于隐藏自己，作为网络犯罪老手的他肯定也有一套应急手段，比如发现有人破门时直接将电脑格式化。因此我们没使用突击的抓捕方案，而是选择了蹲守。

熬了几天房超终于出门了。他走出单元门时，我们迎面向他走去，他还没来得及反应，就被我们按住。带回公安机关突审时，正如我们所料，房超不承认任何犯罪行为。

不过他家中证据条件充分。进门后映入眼帘的是一个手机支架，这不是普通的用来支撑手机的架子，而是像书架一样，上面整齐地摆放着一排排手机，屏幕显示的都是同一个界面。每部手机都连着一根线，最终这些线汇集到集线盒，再连接到操作台上，这样一个操作台可以同时操作四十部手机。数据线还可以读取手机中播放的视频内容，将这些信息传输到电脑上。房超的电脑准确来说应该叫服务器，其处理能力是普通家用电脑的十几倍。

打开电脑检查发现，房超主要使用一款 AI 软件。他还是高级付费用户，可以构建 AI 模型，让 AI 根据条件完成房超布置的工作：读取视频内容并分类，标记重点账号等，房超只负责辨别。

AI 模型可以同时对四十部手机播放的视频内容进行读取分析，在我们检查房超的屋子时，电脑还在自主运行。我看到它将读取的视频以文字形式展示出来，如某人今日打赏三千块钱，某人销售赚了五千块钱，某人吃饭消费一千八百块钱，某人驾驶宝马越野车等，诸如此类的信息不断在表格中浮现出来。

AI 不停地抓取在直播间中进行过打赏的账号发布的视频，从视频中分析这个人的基本条件。很多人的视频号中没有太多个人生活的内容，表格中这个账号后面就几乎都是空白，但有的账号发布的内容很多，只要是关于钱的视频都会被抓取。

目前为止，AI 已经抓取了五千多个账号的信息。

电脑中还有一份表格，内容很丰富，有直播打赏金额、预估收入、工作单位、个人资产、爱好等。这些都是房超根据 AI 提供的信息，经过筛选挑出来具备作案条件的绑架目标。我们在这里找到了六名被害人的信息，用红色标注着，代表已经成功勒索到钱财，此外还有五名标注失败的。

我们将现场采集的证据拿回去摆在房超面前，再软硬兼施，房超终于投降了。

房超也是最早利用互联网流量赚到钱的那批人，可当他发现这行人越来越多，获取的利润越来越少时，他就走了歪路，想靠散布谣言来获取流量，结果吃到了流量，也吃到了牢饭，被处以行政拘留五天。

这五天里他遇到一个"贵人"，这人因为吸毒被抓，处以十五天拘留。闲聊时这人发现房超不但有网络技术,还了解网络热点,便开始向房超灌输通过网络犯罪来捞钱的各种方法,一下子让房超打开了"新世界"的大门。

拘留结束后,这名"贵人"将自己的女朋友刘晓娜介绍给房超认识,三个人决定用网络仙人跳的方式赚钱。接触后房超发现,刘晓娜这个女人可不一般,不但果断坚决,而且心狠手辣。"贵人"被放出来后不久,又因为涉嫌贩毒被抓起来,至少会判几年实刑。房超一听想打退堂鼓,却被刘晓娜拦住。刘晓娜对男友被判几年毫不在意,她最在意的是能不能靠房超选出被害人,将计划执行下去。

作为一名网络老手,房超熟知心理分析理论,善于抓住别人的弱点,他可以隔着屏幕肆意发挥,靠编造新闻获取流量来赚钱。但网络与现实是割裂的,现实中他只是一个普通人,遇到事时连呵斥一声都不敢,所以房超在历经社会多年磨炼的刘晓娜面前一下露了原形,被降维打击了。

在刘晓娜这样真正的狠人面前,房超就显得优柔寡断了。因为曾被拘留过,这次他更加畏首畏尾。为此刘晓娜想了个办法,找了几个朋友来恐吓威胁房超,声称如果想退出的话就对他不客气,房超吓得够呛,硬生生被拉上贼船。刘晓娜的手段多,今天对他笑脸相迎,明天对他冷言冷语,随便几招就让房超老老实实的,就这样房超完全被刘晓娜控制住了,从此言听计从。

因为仙人跳是"贵人"牵头,没了"贵人"后,刘晓娜提出从原本的仙人跳变成绑架勒索。房超负责靠网络技术寻找绑架对象,最后由刘晓娜伪装成主播约见面、安排车辆,参与绑架的那四名男子也都是刘晓娜找来的。

万事俱备,只欠东风——密录设备。这时房超想到了一个人,陈总。

房超与陈总认识很早,他曾经被抓也与陈总有关。

他当时靠散布谣言获取流量,正是在陈总公司的一个团队中。房超因为互联网技术过硬,很得陈总赏识。他了解到自己所在的这个团队只是陈总互联网商业集合体中的一个分支，陈总还有其他互联网产业，业务范围非常广，其中还有些隐秘的勾当，但更深入的，房超就不得而知了。

在寻找密录设备时，房超想在陈总那里碰碰运气，想着陈总这样的产业，应该有很多门路。陈总为人非常谨慎，且经常在国外，房超与他联系都是通过互联网留言板，陈总回复他说可以帮忙介绍，但不是免费的。房超答应了，不久陈总便给他推荐了宋佳轩，让房超在小草论坛上与宋佳轩联系，不会留痕。

后来房超通过绑架勒索赚了第一笔钱时，想把现金换成网络货币，也是陈总帮忙运作的。

看来这个陈总就是小草论坛的日月火焰，但房超只知道他姓陈，叫陈总，而宋佳轩只知道他的网名是日月火焰。陈总在不同的业务中变换着不同的身份，很懂得如何隐藏自己，他背后的故事可能比我们想象的更复杂……

有了安装密录设备的宋佳轩，房超与他约定，由他来开房，这样就能把刘晓娜隐藏起来。

当房超通过老徐发布的视频发现警察介入后他害怕了，便通知同伙们躲起来，接着便是宋佳轩被抓。但刘晓娜有反侦查经验，她与毒贩生活多年，与警察对抗起来轻车熟路，她带领绑架团伙一起跑到长沙躲了起来。

"抓住刘晓娜你也算是立功了，有没有好办法？"我问。

"约她见面肯定不行。她这个人很精明，只能我说发现目标，让她去干活，她才能露面。"房超说。

"行，就按照你说的做，约她在长沙干活！"

我们让狐狸伪装成功人士，这里面就他最像，穿着打扮也讲究风格。

约定的当天下午，四名绑匪中的一人前来开房，然后将房卡拿走，随后刘晓娜发私信联系见面，我们直接提出在酒店见面。到了约定时间，狐狸在酒店门口见到刘晓娜，而我们也在不远处找到了其他四名绑匪，他们租了一台车，四个人都躲在车里等楼上的消息。

人都到位了，赵大立刻下令抓捕。

四名绑匪的车窗都没关，我们的人从车窗外一把揪住驾驶员的脖子，将整个人半个身子从车窗里拉了出来。同时其他人也围上来，坐在前面的都被拽下车，后座的都被堵在车里，前后不过十几秒钟。

刘晓娜还没进屋就被狐狸扣在走廊。在她的包里发现了一个录制设备，摄像头正好穿过挎包的铆扣，不仔细看根本发现不了。看来刘晓娜已经可以自己进行密录了，对于上传视频这一套程序也轻车熟路。

我们就地突审，但和预想中一样，刘晓娜什么都不说，抗拒心极强。

不过在对刘晓娜身份进行研判时，我们发现了刘晓娜的一个疑点，她在三年前改过名。按照名字调查，确定她曾因吸毒被抓过两次，再被抓就得被送到强制戒毒所进行两年的强制戒毒了。她改名也是想回避这个风险，不过没起到作用。

一张王牌在手，我们先从其他几个人开始突破。这几个人就没那么硬气了，这种没什么经验，又是结伙作案的犯罪团伙，只要有一个开口，整个团伙成员就会像打开泄洪闸一样争着抢着招供。

四个人与刘晓娜是老熟人了，其中开车司机与刘晓娜最熟，其他三人都是办事拿钱。刘晓娜喊他们来，告诉他们先绑架才能给对方造成压力，然后拿出视频对方就会乖乖拿钱，也不敢报警，而且这样做也不算是绑架，即使被发现，后果也不严重。

可实际上案件的性质没变，这四人涉嫌的就是绑架罪。他们被刘晓娜忽悠了。

我们还从司机的供述里了解到刘晓娜的为人和她的经历。

刘晓娜这个人可以说是恶行累累，精于算计，也最终把自己算了进去。

她的堕落是从沾染毒品开始的。释放后她与"贵人"混在一起，"贵人"名叫刘军，比她大十多岁，是北连市老混子，违法的事几乎干了一个遍，人生五十年有一半时间是在看守所度过的。刘晓娜跟着他，就是觉得树大好乘凉，想通过他找一个稳定的渠道来弄钱。

刘军从帮人要账、敲诈勒索到故意伤害，什么违法的事都做。刘晓娜跟着刘军学了一身"本领"，后来刘军帮人要账时，如果对方是女性，均由刘晓娜上前动手，俨然一副社会姐的样子。

这几年刘晓娜跟着刘军也只是在社会上混个名头，却没赚多少钱，这让刘晓娜萌生了干几票大买卖的想法。她决定找几个有钱的目标进行敲诈勒索，刘军胆子也大，两人一拍即合。可这时刘军却出事了，他因为吸毒被抓，在拘留所里恰好遇到了同样被行政拘留的房超。房超的出现让刘晓娜发现可以通过网络技术筛选被害人，还可以用主播的身份把自己伪装起来，最后用视频来勒索，安全性很高。

这时她发现刘军的作用就没那么重要了。

很快，刘军在一次帮人运送毒品的过程中，被公安机关精准抓获。我们在刘晓娜手机的删除记录中找到了当时她打给公安机关的通话记录。

对于这种胆大包天，精致利己的人，就算绝对能够定罪的物证摆在眼前，她都不一定能认罪。但一山更比一山高，恶人还需恶人磨。刘晓娜敢与警察对抗，是因为她知道警察只能按程序执法，不能把她怎么样，但换作刘军的话就不好说了。

我们联系到抓获刘军的禁毒大队，通过核对确定了举报信息，我们计划让禁毒大队以奖励线索的名义，故意提出要在看守所给刘晓娜颁发奖励，这样相当于告诉所有人是她举报的刘军。这下刘晓娜慌了，一旦刘军知道是被她举报的，以刘军的性格，等他出来后刘晓娜就得亡命天涯了，于是她终于主动坦白了违法犯罪行为。

以她多年的处世经验，她一定能猜出这是我们的计策，可这是个无解的阳谋，她必须坦白自己组织策划犯罪的行为。但她依然没有说实话，还在避重就轻，想把事情往房超和其他四个人身上推。恰恰是这个自以为是的精明害了她，刘晓娜最终在自己的起诉意见书中亲笔加上了"拒不交代犯罪行为"这个点评。

刘晓娜被定为主犯，一审被判处有期徒刑十二年。

房超为从犯，因为态度好且有立功表现被轻判，其他几人均为同案犯。

现在这起案件未到案的人中，只剩下一个神秘莫测的陈总了。

006

炒股诈骗群，成员60人 58个托

股票群里一共有六十二个人，我们一点点将所有人筛查了一遍，结果发现有六十个人的头像照片都可以在网上搜到，他们的空间动态照片也可以从网上搜到。把六十个人的动态导出来排列一下就会发现，这些人的动态就像相互复制一样，连发布时间都带着一定的规律。

麦sir说："这些账号都是假身份，这个群里面被骗的只有宋毅和老秦，剩下的全是托儿，甚至都是一个人扮演的。"

啤酒的泡沫从杯口边溢出来，黄哥抬起酒杯，酒水顺着喉咙滑下去，带着一股清淡的麦芽香味。随后黄哥咂了下嘴，将杯子啪的一声落在桌上，喊了声爽，杯里剩下的啤酒瞬间翻滚起来。

每次侦破案件后，大家一起出来吃饭喝酒庆祝，这已变成习惯，甚至成为收尾工作的一部分。不过今天这顿酒喝得并不透彻，案件虽然侦破了，但还有个陈总依然逍遥法外。

麦 sir 在小草论坛上找到陈总的店铺，发现他还是网站的管理人员。

这个网站的服务器架设在国外，上面有各种各样违法违禁的信息，据说管理人员也都在国外，一直无法根除。

不过正因为他人在国外，房超与他兑换网络货币时使用的是转账汇款的方式，通过汇款记录我们得知这个人叫陈生。

我们查了一下陈生的信息，他有一个前科，曾因盗取商业机密被判处有期徒刑一年半，具体犯罪行为是伙同他人将网络游戏账号篡改盗取后卖给他人。这起案件发生在 2007 年，涉及的网络游戏有很大的影响力，那时我也玩过这款游戏，身边就有人的游戏账号被盗卖。

不过这个人近几年在国内没有任何活动轨迹，想要找到他不是那么容易。

看黄哥心事重重的样子，狐狸把喝了一半的酒杯放下，说："你搁那养鱼呢？全喝了。"

黄哥摇摇手说："今儿少喝点……"

狐狸明说："你是不是有心思？还在想案子的事？这种事咱们又不是第一次遇到，主要罪犯都抓住了，剩下的人慢慢查呗。"

狐狸是我们大队里过得最潇洒的人，把生活和工作分得十分清楚，在生活上追求质量，能吃好的绝对不会吃口泡面凑合，能买名牌绝对不会去用杂牌货，同样在工作上讲究方法，能简化的绝不会搞复杂，能尽快办结的案件绝不会拖延时间。像这起已经侦破的案件对狐狸来说就算翻篇了。

在狐狸的劝说下，黄哥终于找回状态。转眼已是酒过三巡，我们几个人都喝了不少，连我也感觉有点晕晕的，狐狸和黄哥又开始争论，这时我才发现麦sir不见了。给他打电话刚接通就被挂掉，接着他推开包间门回来，对我们说："刚才我去上厕所，听到外面有一桌人要行凶，于是拿手机偷着录了一段，你们看。"

麦sir打开手机，视频里四个人都穿着长袖，但露出皮肤的位置都有文身，这几个人一边吃烧烤一边说"今晚他要是再不给钱就得给他上点血"，其中一个说别搞太大，把手指头掰断一个就行。我透过包间门往外看，这不就是坐在外面大厅卡座上的四个人吗？一个个打扮得流里流气的。

听他们的对话，肯定不是什么好事，不是敲诈就是勒索。黄哥拍了下桌子起身说："走，看看去，通知最近的派出所来辆车拉人。"

没过一会儿，警车到位，我们几个把他们全带回了派出所。

一问才知道，这四个人是一家个人贷款公司雇的打手。有个叫宋毅的人从贷款公司借了四十万，拖了半年没还，今晚四个人打算去他家催收，结果还没动身就被我们撞见。

他们绝口不提要让宋毅出点血的话，不过麦 sir 有录像，这就是铁证，他们这种行为属于暴力催收，虽然只是预谋但足够给予治安处罚了。不过我们还得去找宋毅了解一下情况，看看这四个人所说的是否属实。

宋毅的电话停机了，我们只得登门拜访，谁知他住的房子早已易主。房主给了我们一个新地址，我们找到宋毅现在居住的地方。一看这栋楼的岁数比我还大，墙面裂缝里都能看到红砖块，窗框都是木制的，门上包着一层铁皮，恍惚间让人感觉回到了 20 世纪 90 年代初期。

看着这种环境，狐狸说："这套房子想卖上四十万都够呛，这帮小额贷款的人还敢把钱借给他，他们是想将人逼死啊。"

宋毅在家，但一听是警察他拒绝开门，无论我们怎么说都不行。最后还是黄哥把贷款公司找人向他逼债的事说出来，宋毅这才磨磨蹭蹭地把门打开。

屋子很小，我们三个人挤进去，狐狸留在外面。宋毅神色有些紧张。他住的地方破旧不堪，屋内弥漫着一股难闻的气味，地上到处是垃圾和零乱的杂物，厨房水槽里堆满了没洗的碗碟，里屋床边还放着剩一半的方便面。

在这样落败的屋子里却有一台电脑，虽然上面满是灰尘，但从机箱外观来看这台电脑买的时候价格不菲。电脑主机亮着可是显示屏是关闭的，看起来刚刚还用过。

黄哥问了宋毅几个问题，他逐一回答。宋毅承认确实从贷款公司借了四十万，而且以他现在的状况也还不起，如果这些人真来要钱把他逼死也没用。宋毅指着那盒泡面告诉我们，现在他一天就吃一碗面。一听说可以把那些要债的人送进拘留所待几天，他立刻表示愿意配合我们的工作。

黄哥问："你怎么搞成这样，老婆孩子哪去了？"

宋毅回答："我以前做生意赚了点钱，后来投资失败，老婆和我离婚带着孩子走了，房子也卖了。不过我找到一个机会，从贷款公司借了四十万就是等这个机会翻身。"

趁着黄哥和宋毅聊天的时刻，麦 sir 走到电脑旁边按下显示器电源。屏幕一闪亮了起来，只见上面是股票的 K 线图，电脑正在运行一个炒股软件。

宋毅看到后似乎有点慌，想阻拦，手伸了一半又停下，似乎很矛盾。麦 sir 说："刚才我们进来之前，你把电脑屏幕关掉是怕我们看见这个？"

宋毅回答："不是，电脑屏幕一直是关的。"

麦 sir 说："主机都发热了，这一天你一直在炒股呀？炒股为什么怕我们看见？"

宋毅说："没事，没事，你们看吧！我确实在炒股，不怕你们看。"

黄哥继续问话，可宋毅明显心不在焉，时不时瞄一眼麦 sir。尤其是当麦 sir 点击软件查看的时候，宋毅说一句话能回头看好几遍。

黄哥脸上的表情说明他早看出问题了，但没点破。直到麦 sir 点开个人账户，上面显示宋毅持有的股票价值是八十二万，他才问："你的股票值这么多钱？为什么还要找小额贷款公司借钱？"

宋毅小心翼翼地回答："这是我从他们那里借的本钱，现在才赚了点，之前都赔光了。"

黄哥问："那你先把钱还了呀，为什么非得等他们堵门要债？如果贷款公司利息高涉嫌违法可以不付利息，你把本金还了肯定就没事了。"

宋毅回答："再等等，现在股票还能翻一番，到时候我多赚点再还。"

黄哥说："我不炒股，但是我知道见好就收，现在你已经赚到钱了就赶紧收手吧，不然一旦再赔了可就一无所有了。"

这次宋毅没说话。我知道劝他没用，这副样子恐怕已经是炒股入魔了，怪不得贷款公司找人逼债,走法律途径要钱得三个月,到那时候这些股票还不一定值多少钱呢。

麦sir拿起他的手机翻了翻,然后问宋毅:"你这是从哪下载的炒股软件?"

宋毅脸色一变,回答:"这是秘密,和你们今天调查的事没关系。"

麦sir说:"你别误会,我想说的是你这个炒股软件恐怕是假的,我也炒股,这只股票今天跌了三个点,怎么在你的软件上反而涨停了呢?"

宋毅反应平淡,似乎早有预料,说:"这也是秘密,我这个软件带智能分析,股票将来会按照上面的走势发展。"

我盯着宋毅仔细看了看,他说话的时候毫无迟疑,眼神透彻,字正腔圆。人在撒谎时神情会有变化,可从神态表情上看不出宋毅此时有丝毫掩饰的痕迹,说明至少他完全相信自己说的话。

一个能预测股票走势的软件,再结合他之前那副魔怔的样子,天天窝在家里盯着一个假软件借钱炒股,我们立刻意识到宋毅恐怕已经陷入了一场骗局,而他还毫不自知。

我问:"你的钱能提现出来吗?"

"现在提不出来,用这个软件炒股,钱必须要存够一个月。"

这下实锤了!钱提不出来就说明这一切都是假的。这个炒股软件不是正规平台,宋毅贷款借的四十万大概率早已没了。我继续问:"你以前也是用这个软件炒股吗?"

"一开始不是,后来才用的。"

"你的房子和钱都是用了这个软件炒股才赔进去的吧?"

"……本来我一直是赚钱的,后来自己太贪才赔的。"

我们几个人把宋毅从家里拖走,连同他的电脑一起搬到局里。被炒股软件诈骗的人，肯定不止宋毅，而且从宋毅的反应推断，其他受骗人员估计都不会报案，我们不能让这场骗局一直持续下去。

可是宋毅不但不认为自己被骗，还在一个劲地维护软件公司，让我们别管，甚至还说如果赔钱了就是我们介入才导致的。诈骗案件需要有报案人才能立案，无论我们怎么说，宋毅就是不同意报案，赵大有点急了。

我们查看了软件上宋毅的交易记录，他将从贷款公司借的四十万转到自己所谓的股票账户。而我们从银行查宋毅的转账记录发现这笔钱其实是转到了骗子的账户中，我们找到了骗子的收款账号后立刻调查了这个账户的资金流水信息，发现对方将这四十万一共分四次转到了一张个人银行卡里。这笔钱到了这个银行卡中连十秒都没待上，立刻又分成几份继续转移走了。麦 sir 说这是典型的水房操作手法。

水房是一个术语，是专门利用网络银行账户进行转账洗钱的一群人的统称。现在网络汇款转账既方便又快捷，从发出转账指令再到将钱汇到指定账户，网上操作前后不过两三分钟。你只要在家坐着动动手指头，钱就可以在各大银行的账户里流转。而水房则是通过网上转账这个手段将来历不明的钱款拆分转移，通过几次甚至十几次的转账把这些钱洗白。就拿宋毅这笔钱来说，四十万先被分成四笔，按每笔十万转走；接着每笔钱又被分成十份，每份一万块；然后再次拆分为一千元一单转走，完成这一整套操作用网银只需要十分钟。

十分钟就把四十万分批转移到上百张银行卡里，再通过终端将这些钱洗白，这就是水房的违法本质。

有犯罪的地方就会有水房，水房出现了，那么涉及的钱款肯定与犯罪有关，从这点我们就确定宋毅使用的是个诈骗软件。

宋毅不配合就得想其他办法，我们在搬回来的电脑里仔细搜索一番，发现宋毅平时惯常使用 QQ 聊天。他的手机在我们这，直接用短信验证就顺利登录。宋毅的 QQ 号里没几个朋友，唯一的一个聊天群，窗口在不停地闪烁特别显眼，点进去后发现是一个炒股聊天群，里面一下子弹出来近百条信息。

点开后我们大致看了一下，群里很热闹。其中最活跃的是一个昵称叫××软件股票推荐大师的号，每次都是一连发十几条消息。内容很有规律，先是分析一下大盘，然后分别推荐三只个股，接着对推荐的每一只股票进行分析解说，说出各种能涨的理由，最后再发布几个走势图。这些图做得还挺精致，可谓图文并茂。

除了推荐大师之外还有几个活跃的群友，基本上大师推荐的股票他们都会跟风购买，然后发出一张下单的图。第二天大师会再次总结前一天推荐的股票，只要是涨了就会有人跟风发图说自己买了多少赚了多少。

到下午三点股市休盘后群里也不闲着，这时就有人发一些新闻，还把重要的信息标红，然后根据新闻开始预测明天的走势。到了晚上又会有人出现，说与某某上市公司老总或者是高层一起吃饭获得内部消息，接下来要关注某只股票云云。

每条消息后都会有群友点赞鼓掌，还有人感谢献花，相互鼓励，一派欣欣向荣。

总之一天几百条消息，各种分析琳琅满目，小道消息五花八门，在这群里让人有种纵观大局，一切尽在掌握的感觉。

从发的图片看，这个股票界面与宋毅电脑上的一模一样，看来宋毅就是在这个群里被洗脑的。我对麦 sir 说："得想办法把这个群的成员信息都查出来，估计除了宋毅还有不少被骗的。"

问完没回应，我回头一看，麦 sir 盯着手机一脸沉思，再一看原来他也下载了这个炒股软件。我拍了他一下问："你在干吗？怎么还看上股票了？"

麦sir这才反应过来，嘿嘿一笑回答："我寻思看看它推荐的股票怎么样，是真是假。"

我开始明白宋毅为什么会死心塌地相信这个软件，遇到这种信息连警察都禁不住诱惑。麦sir明知是诈骗软件，还会去对照实际股票看一下，如果软件猜中的股票涨停了，谁能保证不动心？。

我问他："你炒股赔了？赔了多少？"

这一问，似乎让麦sir顿时清醒不少，他将手机揣兜里说："赔了点。来，咱们赶紧看看群成员。"

能相信软件的人大抵都是炒股赔了的人，他们都渴望靠软件翻身，这是一种赌徒心态作祟，大多数人都会去尝试一下。那些五花八门的软件就是抓住这个人性的弱点，它给每个人发的推荐股票都不一样，因为软件根本没有预测功能，它只是用猜的方式随机推荐，总会有被软件猜中的，买了推荐股票的人就会相信软件，接下来就踏上被骗之路。

很多人被骗一次就会反应过来，像宋毅这种深陷其中的人并不多。

我和麦sir一直忙到后半夜。股票群里一共有六十二个人，我们一点点将所有人都筛查了一遍，结果发现有六十个人的头像照片都可以在网上搜到，他们的空间动态照片也可以从网上搜到。每个人都只有三个月的动态，内容都与股票有关，挨个看也许没什么异常，但把六十个人的动态导出来排列一下就会发现，这些人的动态就像相互复制一样，连发布时间都带着一定的规律。

只有两个人看着比较正常，一个是宋毅，另一个姓秦。开始我们还以为姓秦的就是骗子群主，后来查看他的动态发现似乎是个国企退休人员，QQ头像也是老年人爱用的花草风景照。

麦sir说:"这些账号都是假身份,这个群里面被骗的只有宋毅和老秦,剩下的全是托儿,甚至都是一个人扮演的。"

我说:"这群骗子可没少忙乎,为了骗两个人整出这么大的阵仗来。"

麦sir说:"这玩意儿不难,随便做个程序就可以操控上百个号码。"

老秦退休了,岁数比较大,所以赵大安排狐狸和黄哥去找他谈,我们在大队等消息。老秦住在董家沟,天天在花园里种菜,颐养天年无忧无虑,据说看见警察来也没有激动,邀请他俩进屋坐下泡茶聊天。

黄哥很委婉地提示了一下找他的缘由,老秦立刻就接上话问是不是因为炒股软件的事,黄哥便把事情和盘托出。老秦听完沉思良久,告诉黄哥他投了十几万,不过对他来说损失还能接受,既然公安机关认定这伙人涉嫌诈骗犯罪,那么他愿意配合工作。

老秦说他炒股二十多年,是老股民了,用这个软件是他的股票经理推荐的。说起这个股票经理老秦一直是夸赞的口吻,二十年前他在证券公司开户就是这个经理办的,当时这人还是个办事员,后来一点点干到部门经理,然后辞职开了一家股票分析公司,接着便开始使用软件进行炒股,据说赚了不少钱。

正因为这个人是做股票出身,所以老秦对他很信任,从这个炒股软件投入使用起老秦就一直参与。老秦说使用这个软件有一个要求,那就是钱不能随意提出来,想提现得申请,整个流程走完需要半个月,他从来没提过,只是一直往里投钱,前后一共投了十多万,现在在软件里的股票市值已经到了一百多万。

在聊天时黄哥一直注意观察,老秦听到诈骗后情绪也有起伏,但总体反应似乎很平淡。

黄哥又试探着问这个股票分析公司在哪,老秦思考了很久。黄哥心里有点没底,让老秦亲手戳破这个谎言,意味着那一百多万是镜花水月一场空,换作任何一个人都很难一下子全盘接受，这个打击太大了。

在一番斗争后老秦终于同意了，他当着黄哥的面给客服打电话，问他们公司现在搬哪去了。客服说还在华北商贸城，只不过从8层换到了12层。得到这个消息后黄哥立刻通知我们，他和狐狸则继续留在老秦家。

我们风驰电掣地往华北商贸城赶，这个地方比较远，已经靠近市郊。等我们到那儿一看，炒股公司人去楼空，办公室桌面上摆满了材料，连打印机里还有刚打出来的文件，很显然这里的人刚离开不久，连东西都没收拾利索。经理室的保险柜是打开的，但里面空空如也，他们把最关键的东西拿走了。

虽然没抓到人，但是我们也把他们的底细都查清楚了，公司的负责人叫侯海明，也就是老秦说的股票经理。公司一共有十多个员工，除了文秘和会计外剩下的都是业务员，主要负责拉拢客户加入炒股群，然后对客户进行业务指导，最终让他们使用软件进行操作。这个公司还在工商部门进行登记，虽然只开了一年但还申报了纳税，有人来看了之后只会更加相信，绝不会怀疑是骗子。

公司的人全跑了，赵大气得给黄哥打电话。黄哥说他一直在与老秦聊天，没看见老秦打电话或者发信息通风报信。我赶到通信公司查了一下电话记录，结果发现侯海明在事发前接了一个电话，是老秦的爱人打的。

再一问才知道，老秦炒股多年，对这个软件并不感冒，只是有次在翻看的时候被他爱人看见了，结果一发不可收拾，前后十几万全是他爱人怂恿他投进去的。本来他爱人对他炒股一直心怀不满，嫌这么多年有所亏损，没想到这样的人也能落入骗子的陷阱。

得知是自己妻子打电话通风报信，老秦也感到很不好意思。他主动向我们爆料说炒股投资分析有微信群，现在出事了他已经被踢出群聊，可是他还有个朋友潘峰也使用软件炒股，这个人肯定也在微信群里。

潘峰与老秦是同事，现在也退休了。有了前车之鉴我们没敢直接去找潘峰，先去找了他的女儿潘婷婷，把潘峰用软件炒股被诈骗的事情一股脑全说了。

潘婷婷听完火冒三丈，带着我们冲回家，进门就把潘峰的手机给收起来，接着就开始训她父亲，乍一看和我们审讯嫌疑人的口气差不多。来之前老秦嘱咐我们说潘峰这个人脾气不好，还很倔强，没想到他在女儿面前老老实实，唯唯诺诺。

潘婷婷把手机交给我们，说她爸特别犟还不肯认错，现在被训完回头还会继续投钱，她总有看不住的时候。

我和麦sir拿到手机立刻开始翻阅微信，结果发现微信群与QQ群差不多，一个群六十多个人，除了潘峰外，其他人的朋友圈全设置了仅三天可见，发布的内容也都是跟炒股有关，乍一看全是机器人。

麦sir说："六十多个微信号咱们不可能一个个去查，太浪费时间了，这里面肯定有未实名用虚拟号申请的。"

我想了个办法，说："咱们用潘峰的号发个红包，多包点钱，然后查一下收款。如果这里都是假号，那么想把红包的钱消费掉就得把钱全都转到一个可以使用的号上。"

说完我用他的微信号在群里发了三份高额红包，每份十个。红包刚发出去就被抢光了，麦sir说这都是程序自动抢，这些假号都带有程序控制。我们赶忙追查这些假号的微信资金流，不过没什么动静。麦sir说负责操控的人也许还没发现红包，再等等。

到下午这十多个账号突然有了反应，显示这些账号上的零钱全都以红包的形式发给了一个叫水岸清香的未实名微信号，紧接着这个号出现了支付消费，地址在华北商贸城旁边一栋公寓的一楼超市。

未实名的微信号不能把钱转到银行卡中提现，只能直接消费。

我们迅速赶到那家超市查了监控，根据支付记录的时间找到监控画面，确定消费的人是公寓八层的住户。我们赶过去直接破门，在屋子里将人抓住。房子是两居室，一间卧室，另一间房有一个工作台，放着一个挂板，上面并排摆着六十多部手机，每个手机登录两个微信号，屋主就是负责操控微信虚拟号的程序员。

程序员叫吴世兴，他说自己是侯海明雇来的，主要负责使用假号在微信和QQ群里扮演股民烘托氛围，配合聊天交流炒股，发虚假盈利截图，目的就是让群里唯一的一个受害人相信这真的是一个炒股群，里面六十多个人都通过软件炒股赚到钱了。

吴世兴交代了他与侯海明犯罪的全过程。事情始发在一年前，侯海明搞到一个假的炒股软件，他利用自己股票经纪人的身份拉拢了一批投资客，选择的人群多是事业单位退休人员，而且会针对性地挑选社交平台头像是花花草草的人。

使用这种头像的几乎都是老年人，更容易相信他人，符合目标群体特征。

一开始这个软件运作很简单，它展示的是真实的股票涨跌走势，但账户里的金额都是虚拟的，客户转进来的钱都到了侯海明的个人账户。

侯海明虽然没有用这些钱来实际买卖股票，但会按照客户购买的股票的真实涨跌情况，与客户结算钱款，这样相当于侯海明就成了大庄家。有人买的股票在现实中跌了，比如从价值100万跌到90万，那么赔掉的10万块就变成侯海明的，侯海明只需要返还给对90万。同样如果现实中股票涨了有人赚钱了，那么侯海明就得自己拿钱补差价，只要炒股的人赔的比赚的多，侯海明就稳赚不赔。

可是侯海明忽略了一个问题，那就是炒股的人都是想赚钱的，在他这里一直赔钱，这些人就换地方了。于是侯海明决定干票大的，他找人修改了软件程序，伪造股票价格图，做出盈利假象，然后告诉这些客户赚到钱了，但暂时无法提取，并且鼓励客户继续投资。

侯海明知道这事早晚会露馅，所以早就做好了随时跑路的准备。他在给客户洗脑时加入了一个重点信息，就是说这个炒股的方法是走偏门，公安机关肯定会来抓。如果他被抓那么这些钱就都会被公安机关扣押，谁也拿不到了。

这成了他的保命符，也正是因为这一点老秦爱人才会给他打电话报信。等我们反应过来侯海明已经上了飞机。不过好消息是他急于离开北连，选了时间最近的一个航班，目的地是西安。我们向西安发布协查通告，得到反馈是没有侯海明的轨迹信息，这说明他在西安下飞机后没有继续潜逃到其他城市，而是藏在了某处。

我们把他列为网上逃犯，这个人早晚会被绳之以法，但他骗来的钱都去哪了？这成了我们面临的最大的问题。为被骗的人挽回损失是我们的当务之急。

007

流水上亿的洗钱窝点：喝口水的功夫，钱就不见了

这次诈骗涉案金额巨大。等银行的账单出来，赵大对着汇总后的数字数了一遍，金额快到九位数了。被骗的钱都转到了侯海明的个人账户上，然后被水房洗掉了。

水房是指专门在网络上进行洗钱操作的团伙，他们负责将非法赚来的黑钱给洗白，转移一笔上千万元的资金只需要几分钟。

自古以来人为财死鸟为食亡，万般罪恶归结到最后无外乎都是为了钱财。从参警工作到现在，我办理过的杀人案件绝大多数都是谋财害命，钱是个绕不过去的话题。

现在这类案件的犯罪手段比以往温和一些，都是以诈骗为主，不像早些年全是靠暴力豪取抢夺。不过受害人虽然没有生命危险，但遭受的财产损失远远超过以往。对我们来说案子破了才算刚开头，人抓住了只是刚开始，最终的目标是要为受害者挽回损失。

侯海明最早就是在证券公司做业务员，接触的都是股民，他这次行骗把目标全放在之前的客户身上。据我们初步了解，前后使用侯海明的炒股软件进行投资转账的人多达近百人，其中还有一次性投了几十万的大客户。

这次诈骗涉案金额巨大。等银行的账单出来，赵大看着汇总后的数字数了一遍，金额快到九位数了。我们心里不由得开始发毛，都知道想把这些钱追回来的难度要比抓一个人大得多。

赵大让我们拿个主意。几个人相互看了看谁都没开口，最后还是黄哥先问麦sir："咱们要想把钱给找回来，首先得把这些钱的流向查清楚，我记得之前你说过被骗的钱都转到了侯海明的个人账户上，然后被水房洗掉了，这个水房是怎么回事？"

麦sir解释说："水房是指专门在网络上进行洗钱操作的团伙，他们负责将非法赚来的黑钱给洗白。在查侯海明的银行卡时，我发现卡里的钱转账的方法和网络水房洗钱一样，所以才推断钱应该是被水房洗掉了。"

赵大说："水房水房，这不是打水的地方吗？随便进随便出，谁都能在这接一壶。这名听起来就不好查，有没有其他部门打掉水房的先例？"

我们几个都摇摇头，至少在北连市暂时还没有发现此类案件。麦sir继续说："调查水房的难点在于，水房只是负责进行洗钱操作，就像是机床的操作工人。咱们可以查到这笔钱最终去了哪，变成了什么样，但没法查出来是谁操作的。"

黄哥问："雁过留声，人过留痕，哪一笔钱不是靠人来转账？怎么就查不到人呢？"

麦sir解释说："换作以前还行，但现在时代变了，转账不需要再去银行窗口办理，用网银动动手指头就完成了。水房转移一笔上千万的资金只需要几分钟。"

水房依靠的就是网络便利条件，队里黄哥与狐狸都是老侦查员，经验丰富，但只有麦sir接触过水房。他在做网警时就调查过一段时间，可是难度太大，凭他一己之力难以成事，最终不了了之。

赵大说："还没查就泄气可不是咱们的作风，我就不信了，隔着一根网线他们就能逍遥法外。"

无论是在柜台直接汇款，还是在网上办理转账，这个操作可以由任何一个人来完成，但转款的账户信息是公开透明的。每一笔钱从哪里来到哪里去是清清楚楚的，每个账户的开户人是谁也是明明白白的。

我们几个人进驻银行，在他们的帮助下开始查账。所有使用炒股软件的受骗者都是在软件上直接操作存款，这些钱都转到了侯海明的个人账户。近三个月来，最多的一笔转款是十四万，这笔钱在存到侯海明账户后，不到一个小时就再一次被转走了。

所有诈骗案件中接收受骗人直接转账的收款账户，被称为一级账户，钱从这个账户转出后到达的下一级就是二级账户，以此类推，一个水房为了洗钱，转移钱款的层级账户可以达到五级甚至六级，最后才会将钱汇总到安全账户里。

大多数骗子会选择用黑卡作为一级账户。所谓黑卡，是指来源不正，银行明确规定办理银行卡仅限于本人使用，而这些人在办完卡后将银行卡卖给水房，这就成了黑卡。黑卡又被称为肉卡，肉指的是消耗品。水房使用这种卡转账的钱都是违法所得，公安机关在发现后第一时间就会将下级卡冻结，这样银行卡就废了，成了消耗品。

黑卡很容易被公安机关发现，因为在一个账户出现多次异常金额的转账后，银行会询问转款事项，同时也会将这个信息推送给公安部门。但侯海明的炒股软件收款方用的是他自己的账户，他对客户解释称这是证券公司的特别账户，操作时手续费低，可以为客户省不少钱。侯海明之前在证券公司工作过，这个身份让客户深信不疑，他还会给对方出具一份委托炒股协议。

这让我们调查账户简单许多。我们查出侯海明只有一张用来收款的银行卡，不像其他诈骗案件中一下子出现好几个收款账户，给我们节省了不少时间。

我们选了单次转款最多的一笔钱为锚点，顺着这笔转账开始查，可再接着查下去我们也傻眼了。

这笔转账金额是十四万，直接汇到侯海明的账户中，随后这笔钱被分成了七份，以每次两万的数额转到七张不同的银行账户下，这些银行账户就是二级卡。接着这七张银行卡中每张卡的钱再一次被分成十份，以每笔两千的数额转到其他不同的十个银行账户下。查到这里时难度剧增，涉及的银行账户数量开始成倍增加，看着眼前出现的一行行银行账号我们有些不知所措。

除去里面重复的账户，还剩下了五十多个账户。这些账户分别是在十多家不同的银行办理的，其中有一半的开户行都在外地。怪不得当年麦sir没查下去，二级卡有七张，到了三级卡就变成五十多张，不敢想继续延伸下去会变成什么样。

银行对查询申请有严格的审核制度，即使是公安机关依法调查也要按照流程一步步上报审批。我们想追查出这笔钱款的流向，但这十四万被拆分成小额数目，正在不断地扩散转移，再这样下去，等到每笔款项低于五百不受监管时，想查出来就更难了。

而且这些卡都是在不同银行办理的，大多是外省市的地方银行。想调取跨行转账记录要么到省里的人民银行审批办理，要么就得去外地支行查询。这一套流程走下来，查一张银行卡还行，几十张卡一起查，这个时间和人力成本我们可没法承受。

这还只是上千笔汇款中的一笔，想把这起案件中水房帮忙处理的钱款查清楚，就需要把刚才这番操作不停地重复。现在是诈骗分子拿着手机动动手，一笔钱就像火箭似的从被害人兜里飞出去，而我们为了查出它飞到哪去了只能用腿跟着跑，怕是跑断了也追不上。

我觉得查流水信息难度太大，问麦sir还有没有其他好办法。麦sir说："能有好办法早就用上了。现在只能这么查，不过咱们可以先查下二级卡的信息，看看它们都是在哪开户的，都是什么人办的，选一些离咱们近的去查。"

我俩在银行待了一整天，银行负责协助查询的小伙累得喘气连连，大吐苦水说手都发麻了，终于在下班前将二级卡信息都查出来了，除了办理人的身份还有办理的地点。我拿起一看，范围遍及半个中国，从省会到地级市再到县城，分布广泛，幅度横跨大江南北。

我不由得感叹道："水房怎么能搞到这么多卡？"

麦 sir 说:"这些都是黑卡,水房会购买大量银行卡。最早我查的时候,这些卡还都是线下面对面交易,卡的开户范围基本限于省内,后来演变成水房直接在网上收购,这才五花八门什么银行都有。"

在这五十多张卡中,有一半已经被冻结了,剩下的一半中有三张卡引起我的注意。它们的办理地点都在北连市,但分别是在不同银行办理的,三家银行间隔很远,而且卡的办理时间也不一样,乍一看似乎没什么关联。

我和麦 sir 拿着查到的一摞资料回到大队,这一夜我们点灯熬油,对着五十多份人员信息逐一排查。不知不觉天亮了,太阳照进来时,我有点恍惚,眼睛发麻,起身往窗外望,看东西都重影,赶紧从抽屉里翻出一瓶眼药水滴了两滴。

五十多个持卡人中,没有一个人的户口在北连市,全部是外地户籍。而且这些人在北连市也没有留下任何轨迹,除了赃款从他们的银行卡里都流转了一次,他们与北连市的关联几乎为零。

我们都望向麦 sir,现在他最有经验。

麦 sir 说:"继续查,持卡人的身份查出来了,咱们就去找他们核实这些卡到底是怎么回事。"

赵大一早来办公室,看到我们查出来的银行卡的办理地后,拿了份全国地图来对照做标记。他指着地图说:"开什么玩笑!五十多张卡,全是不同地点,想查清楚起码得半年!"

狐狸提议说:"咱们可以发协查函呀,让外地兄弟单位帮忙去查。"

麦 sir 反对:"别人虽然会帮忙但我怕查得不仔细。协查函发过去也得一段时间,案子可等不起。现在这五十张卡有一半已经被冻结了,银行肯定通知过办卡人,这些人都知道卖银行卡违法,胆小的早就躲起来了。再拖下去等其余的卡都被冻结上,剩下的人也更难找。"

买卖银行卡属于帮信罪，全称是帮助信息网络犯罪活动罪，是自2015年11月起施行的《中华人民共和国刑法修正案（九）》的新增罪名，主要指在明知对方要实施犯罪的情况下，为其犯罪提供互联网接入、服务器托管、网络存储、通信传输等技术支持，或者提供广告推广、支付结算等帮助的违法犯罪行为。随着近几年对帮信罪打击力度的不断加大，因罪获刑的人越来越多，很多人都意识到出卖自己的银行卡是违法犯罪，所以现在还在继续出卖自己银行卡的人几乎都是明知故犯。

赵大想了想点头说："对，这又不是重特大案件，兄弟单位的重视度也不会很高。求人不如求己，咱们先选几个近的，看看能不能有什么突破。"

对这次出差去找卖银行卡的人，狐狸看起来有些惴惴不安。这次选取的对象是户籍地离我们最近的，如果近距离这几个人打不开局面，那接下来就得去更远的地方找了，在北连市办理的那三张卡的持卡人户籍地都在南方。

送走出差组，我和麦sir继续往下查。三级卡下面还有四级卡，银行负责协助公安工作的业务员看到我俩，眼睛都直了。我感到不好意思，从兜里掏出提前准备好的虎骨膏药让他敷上。

有了上次的经验后，小伙儿越来越熟练，四级卡的数量更多，我们只选了五十多张，小伙儿用了半天时间就核查完了。

这五十多张卡与之前的几乎一样，大多是在外地办理的，持卡人也都是外地人。我感觉现在做的调查陷入了一个无限循环的模式，所有调查结果都一样。看着不断增加的人员信息，我心里清楚不可能把他们逐一找到。

而且转入四级卡的金额已经低于五百元了，这个数额不受银行监管。再查下去我们发现下一级的银行卡出现了消费记录，而且都是正常消费。根据备注这些消费涉及餐饮和娱乐，全都通过网银支付。

钱被花出去了，通过一张张银行卡不停地转账化整为零，变成了猪排饭和小商品。整个过程就像是一池湖水向外流动，形成数条溪流，再分散成小溪，小溪中的水最终会蒸发，变成水蒸气升入天空，凝结成雨落下来，而雨是干净的，与湖水毫无关系，这样就把一笔钱洗白了。

水房的用意很明显，不停地用银行卡转账制造大量冗余信息，同时把钱用蚂蚁搬家的方式一点点分散开，最终在低于监管数额时再进行消费。这套手段中最关键的就是银行卡，转移金额越多，需要的银行卡也越多。

现在仅这一笔十四万的转账涉及的黑卡就快一百张了，后面还有上百个消费的店铺，我们实在无法逐一排查。这也是麦sir在最初调查时遇到的问题。网络银行带来了方便和快捷，让钱款在虚拟的支付通道中迅速流通，一笔钱可能汇转到世界上任何一个角落，所用时间不到一秒钟，可我们想查清楚资金流向却得耗费至少一个小时。

犯罪分子需要的是钱，而不是网络上虚拟的一串串数字，他们早晚要将这些数字在现实中消费出去。我觉得自己快想到办法了，解决方法似乎近在咫尺，就差一点却摸不到。

黄哥打来电话，他与狐狸找到了一个卖银行卡的人。

情况比我们想象的更简单，卖卡的人姓马，山湖县人，常年跟着亲戚在外做小工，从没来过北连市。小马喜欢玩游戏，有天他在玩游戏时收到一条私信，对方说高价收购银行卡三件套，一套收购价八百元，可以提供顺丰到付服务。

小马做工一天忙到晚才赚一百二，八百元对他来说算是一笔大钱，但小马不相信会有这么好的事，抱着试一试的心态，在游戏里问起对方。对方让他放心，并说买来银行卡后只会用一个月，到时候小马去把卡注销就行。而且对方还可以提前支付办理银行卡的钱，交易方式更简单，见到货后直接付款，全程不需要见面。

银行三件套指的是网银操作的三件必备品，除了银行卡外还有手机号码和U盾，手机号就是申请银行卡时留下的关联信息，U盾是进行网银操作时的密钥，也是网银的保险，必须在电脑上插着密钥才能进行大额转账汇款。这三件套是为了防止某一样东西丢失后威胁银行卡的安全，所以必须三件齐全才能在电脑使用网银。

对方要求把银行卡和U盾一起邮寄，并提供绑定的手机号码，摆明了是要使用网银。但小马没想那么多，他办了一张，邮寄过去，然后将快递单号告诉对方，对方让他留一个银行账号，随后小马的银行卡里收到八百块钱。

一开始小马心里还不踏实，他怕对方用自己办理的银行卡做违法的事，为此他还想好了一套话术，一旦银行询问，自己就说卡丢失了。没到一个月的时候，他便去银行挂失，结果得知自己的卡被冻结了。他的卡是被异地冻结的，所以银行并没有为难他，只是说想解冻必须与异地公安机关联系。

本来他还想继续办几张银行卡转卖的，一听公安机关介入了，小马有点害怕，再也没与收卡人联系。小马与收卡人的联系方式比较特殊，两个人在网络游戏聊天频道说话，相互之间连微信都没加过，只留下了一个收件地址。小马手机里还存着快递单据照片，上面写的是北连市拦羊河街道星耀网吧。我们查到这八百元是在银行的自助机器以无卡存款的方式存入的，存钱地点也在北连市，说明收卡的人就在这里。

收卡的人在网络游戏里发广告，收件地址还是网吧，这个人应该是经常在网吧上网，这一下子就串联起来了。看来收卡的不像是什么高端人士，我估计是个马仔。

麦sir在一旁拿着地图找到网吧位置，对我说："你看，咱们查的三级卡中有三张是在北连市办理的，其中一张的办理银行就在星耀网吧旁边。"

我们重新把目光放在了这三张北连市办理的银行卡上。一开始我们以为这三张银行卡毫无规律，有了网吧这个线索再仔细观察发现，三张卡的办理银行附近都有一个网吧，最近的网吧与银行距离不到十米，最远的也不过隔着一条街。

我说："走，咱去网吧看看，搞不好这是个据点。"

我们来到星耀网吧，只见条件一般，里面的人不少，门口的价目表一看就比其他的地方便宜。小马邮寄银行卡的时间距离现在快半年了。我问了下网吧，得知经常会有人把快递寄到这里，在吧台的一角我还看到有几件快递散落在地上，网吧也从来不问快递是谁的，只提供收件服务不负责保管，丢了后果自负。

网吧的视频监控只能保留三个月，快递是半年前取的，当时拿快递的录像已经被清除了。不过在星耀网吧旁边银行办理的那张卡，开户时间是在两个月之前，如果收卡的人就在网吧，那么网吧的监控也许会拍到他的身影。

我们按照这个假设开始追查。这张卡的开卡时间是下午三点十三分，银行开卡办理流程比较烦琐，而且这张卡还需要开通网银。我来到银行找到经理调取录像。录像显示当时银行里没人，从外面走进来一个人径直来到柜台，这时是三点零四分，他将自己的身份证提交过去，接下来便是业务员在操作。办卡的人坐了九分钟，然后柜员将银行卡和U盾都交给他，这人转身离开。

整个过程中他都是一个人，从银行走出去时，也没看到有人接应。我和麦sir又返回网吧查了下录像，这个时间段一共有五个人从网吧走出去，都有与卖卡人接触的可能。

只靠一段录像没法明确身份，我俩又来到另外两个网吧，用同样的方法查了相关时间段内人员流动的监控，果然有了新发现。在这三张银行卡办理的时间段前后，从三个网吧离开的人里出现了同一个身影。从上网登记信息看，这人叫贾军，黑龙江人，根据他最近的轨迹信息，人不在北连市，上周回老家了。

虽然我们没有办卡人与贾军见面的证据，但在他们办理银行卡期间，贾军都在离银行最近的网吧里出现过，这大概率不是巧合，三个网吧相距甚远，凭这一点就可以确定贾军有最大的嫌疑。我们把这个信息通知出差组，他们只要再找到这三个办卡的人，确定是不是卖给了贾军就行。

这个消息把狐狸高兴坏了，本以为找人遥遥无期，现在看起码能回家过年了。

贾军现在在黑龙江，他回老家了。我们查了一下，他在北连市租了一间屋子，租期是一年，他没退租说明很可能还会回来。可距离过年还有不到一个月，我们怕贾军留在家里过年，看来得去黑龙江抓人了。但赵大觉得没必要，说先去贾军租住的房间看看。

房东有钥匙，他帮我们开了门。只见屋子里乱糟糟的，连吃剩的盒饭都没扔，散发着一股馊臭味。我们细致地检查屋子，没发现任何与水房有关的东西，银行卡身份证和U盾一个也没有，不过我们在他家发现了还没扔掉的快递包装，上面写的收件地址是金色年华小区，离这三公里，收件人是贾军。

我们决定先去金色年华小区看一看。这个小区只有两栋相连的公寓，一楼有个快递柜，只要输入手机号就能查询快递信息。我用贾军的手机号码查了一下，发现有个今早送来的快递。我们联系快递员询问，快递员说已经给收件人打电话了，收件人说把快递放在柜子里，他自己取。

快递柜在公寓大堂，我们也不能一直站在那盯着。麦sir想了个办法，让我们把柜子弄出故障，方法很简单，柜门与柜壁有缝隙，把超厚双面胶塞进去就能把柜门粘住，到时候门弹不开，取件人只得联系维修人员。柜子上贴着维修电话，我们将自己的电话贴在上面，等着贾军自投罗网就行。

布置完一切赵大依然不放心，他觉得贾军很可能是让别人来取件，最后还是连夜安排黄哥与狐狸转战黑龙江。我们在这盯着快递柜，那边直接去抓贾军，双管齐下。

查到现在，感觉贾军不像是一个马仔，现在掌握的所有线索都与他有关，看来他属于关键人物了。侦查破案千万不能靠等，兵贵神速，因为事态可能瞬息万变，计划永远没有变化快。

第二天下午黄哥他们就找到了贾军的住所。几乎同时，我接到了电话，有人称快递柜坏了，快递取不出来，需要维修。

我赶到金色年华小区，看到一个年轻人站在柜前玩手机，他穿着拖鞋，手里还拎着一份刚取的外卖。黄哥那边已经动手，我们也不用藏着了，赵大让我们跟着这小子回家。

这人对我毫无怀疑，我假装鼓捣一会柜子，然后用小刀悄悄地将柜门缝里的胶垫抠出来。柜门本来就是解锁状态，在胶垫被抠出来那一刻，门也跟着啪的一声弹开。只见里面是个巴掌大的小盒子，我把盒子拿出来递给年轻人。他头也没抬，接到后转身就走，一路低头刷着手机，完全没在意身后有人跟着一起上了电梯。

这个小伙走到屋前拿钥匙准备开门时，才注意到自己身后冒出来三个人，手一哆嗦还没来得及把钥匙抽出来就被我们放倒。接着我把屋门打开，一拉开门把我吓了一跳，一室一厅的公寓里并排摆着四台电脑，后面一张桌子上整整齐齐地码放着几十张银行卡，每张银行卡上面都有一枚U盾。屋子里还有两个人，一个坐在电脑前玩游戏，另一个在桌前用笔写着什么东西。

看这阵仗我知道，这就是我们一直在追查的水房，不过没想到会以这种突如其来的方式呈现在我们面前。

三个人被抓后有点不知所措，不过都没负隅顽抗，平静下来后就向我们交代了一切。

原来我们一直追踪的贾军就是水房的老板，三个人中有两个人是贾军雇来的，另一个是贾军的朋友，叫徐德宏。与此同时黄哥那边也采取行动，在贾军家里将他抓获并直接带了回来。

雇来的人什么都不知道，他们只是执行命令。他们的工作就是使用网银进行转账，转账的目标账户和转账金额都是由徐德宏指定。贾军每天给他们三百块钱工资。

徐德宏参与得比较深，他与贾军在网吧认识，两个人都在玩同一款网络游戏。后来贾军找他买银行卡，徐德宏手里没钱，又懒得打工，得知银行卡能卖钱，仿佛发现了一条致富路。徐德宏几乎把不同银行的卡办了个遍，再把这些卡都卖给了贾军。

而售价也在不断变化，最早的时候一套银行卡只能卖三百，后来涨到五百，到现在已经变成一千五百块钱了。徐德宏把自己的银行卡卖光后，就开始买别人的银行卡，再转卖给贾军，从中赚个一两百的差价。

半年前贾军找徐德宏谈了一次，他说自己打算做水房帮人洗钱，想让徐德宏帮忙，徐德宏一口答应，于是两个人开始操办。由徐德宏租房子，贾军置办洗钱用的电脑，两个人同时四处收购银行卡。贾军又教徐德宏洗钱的操作流程，让徐德宏负责操作转账，贾军自己负责找客户。

一开始两个人洗的钱不多，随着贾军干这行时间越来越长，来找他洗钱的人也变多了，徐德宏自己有点忙不过来，于是又雇了两个人来操作，徐德宏负责盯着，贾军则到处跑业务。

贾军的供述与徐德宏几乎一样，唯一区别在于徐德宏以为洗钱业务是贾军从多个客户那里招揽来的，但其实贾军洗的钱全是由一个人指派的。贾军也是卖卡出身，被一个叫老唐的人选中来帮忙洗钱。但贾军很精明，他在干活的时候发现老唐洗的钱来自一个网名叫日月火焰的人，贾军悄悄把这个人记了下来。

听到这我眉头一紧，日月火焰不就是我们之前想要追查的陈生吗？他除了做网络掮客，竟然还参与洗钱？于是我问贾军他认识的日月火焰是谁，贾军说他见过一次，留了一个网络联系方式。

贾军自顾自地继续讲着，没注意到我们的反应。

后来老唐洗钱被抓，当时贾军只是一个小喽啰，参与不多，侥幸逃过一劫。但贾军非但不知悔改，反而觉得自己应该继续干这行，他主动联系日月火焰，提出自己熟悉流程可以帮忙洗钱。日月火焰当即同意，还对他进行一番培训，很细致地把洗钱的要点都教给他，从此贾军组建了一个水房。

为了确认我们所了解的陈生和贾军说的日月火焰究竟是不是同一个人，我们将手中掌握的所有嫌疑人的照片一个个拿出来让他辨认，其中混杂了一张陈生的照片。

结果贾军指着陈生的照片说他就是日月火焰。

看来这个陈生真的不是一个简简单单的掮客。他不但介绍买卖违禁物品，还参与策划各类犯罪活动，侯海明炒股诈骗也是依靠他搭建的水房来洗钱。联想到之前绑架案的房超提到，陈生的业务范围非常广，其中还有些隐秘的勾当，原来这个人才是这一系列网络犯罪的万恶之源！

可我们连这个人现在在哪都不知道。

查！

陈生近几年没有轨迹，但不代表一直没有。我们把时间不断往前推，终于发现了一条乘机记录。陈生曾坐飞机前往西双版纳，在那里还有一个出境记录，但是却没有返回登记。

他去了缅甸。

这时我又想起来电脑杀人案件的凶手林炜也是从缅甸来的。

一次可能是巧合，两次或许是偶然，现在连续三次……

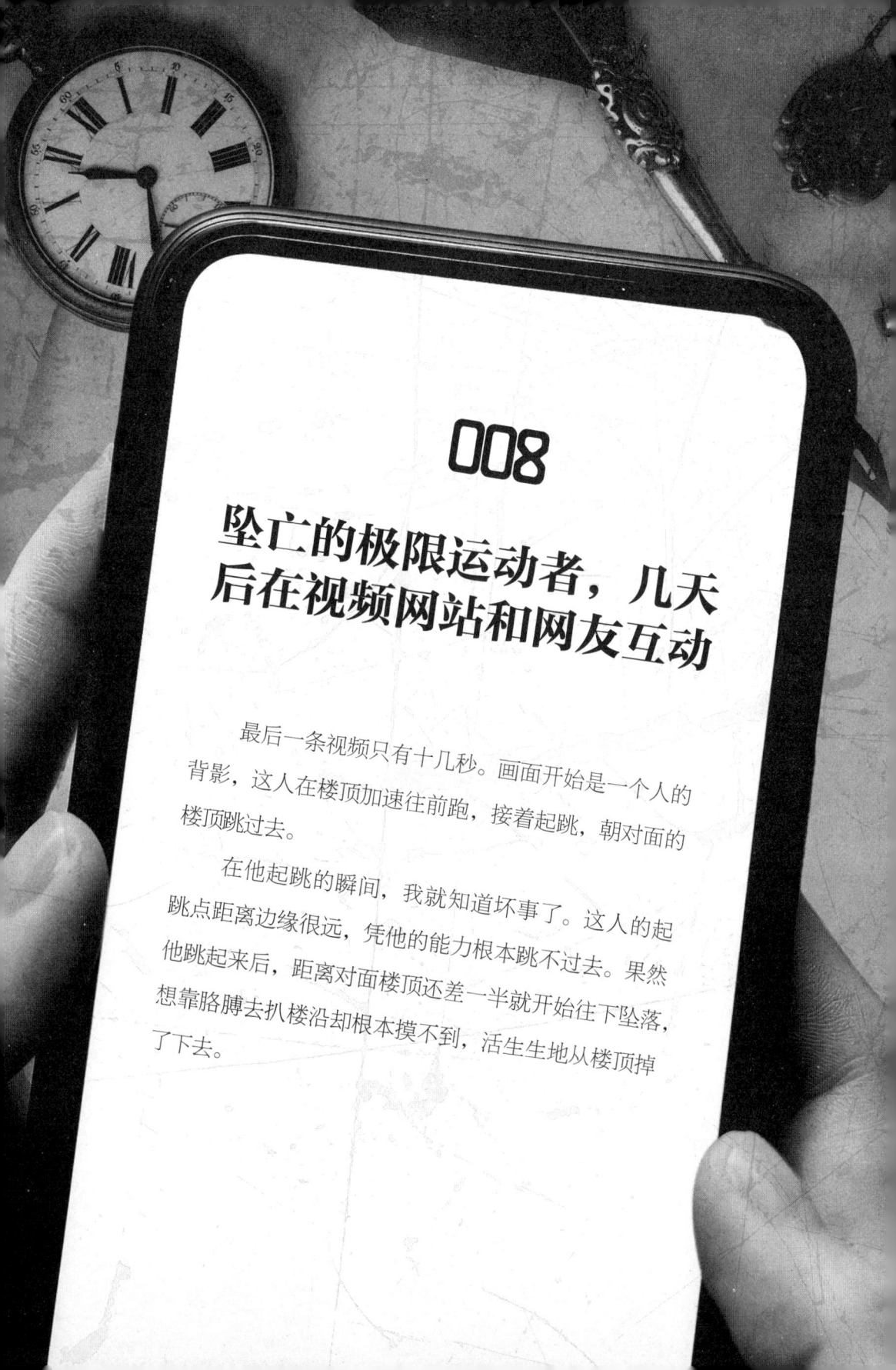

008

坠亡的极限运动者，几天后在视频网站和网友互动

最后一条视频只有十几秒。画面开始是一个人的背影，这人在楼顶加速往前跑，接着起跳，朝对面的楼顶跳过去。

在他起跳的瞬间，我就知道坏事了。这人的起跳点距离边缘很远，凭他的能力根本跳不过去。果然他跳起来后，距离对面楼顶还差一半就开始往下坠落，想靠胳膊去扒楼沿却根本摸不到，活生生地从楼顶掉了下去。

专案组办公室有一面大写字板，每起案件相关人员的名字都会被写在上面，找到一名证人或者抓到一名嫌疑人，我们都会在他的名字后面打钩。从电脑杀人案至今，写字板上的名字只剩下两个没有打勾——黑客和陈生。

我们联系过云南边检，在最近半年的出境记录里没查到陈生的记录，边检答复，要么"陈生"是个假名，要么是他冒用了别人的身份。不过我们觉得还有一种最大的可能性，即陈生根本没通过边检离境。我在缉毒队工作过一段时间，对边境略有了解，从云南口岸偷渡，走山路绕过卡口前往缅甸，只需要五六个小时就能到达。

而黑客的下落更是无从找起，这个人音信全无。麦 sir 觉得境外论坛网站与他有关，可凭借我们的实力想破解网站难于登天，只得报到上级单位请求协助，得到的答复是等消息，我知道这一等又是希望渺茫。

人们都说心怀盼望去等待是最美好的，我却一点也体会不到，整天在单位焦虑到抓心挠肝，椅子上像有刺似的根本坐不住。以往有这种心情的人不止我一个，可这次我发现黄哥一点也不急，他每天坐在那里举着手机，时不时嘿嘿笑几声，一改往日严肃的表情。我过去问他在乐什么，才知道原来他在用手机看小视频。

黄哥手机里的软件都是他闺女帮忙下载的，除了消消乐没见过他玩别的，曾经我们想让他试试其他游戏，结果发现黄哥手指头不够灵活，玩一会儿差点把手机摔了。平时他很少看手机，没想到小视频能吸引黄哥这样的老化石，不过这样也挺好，他经常刷着刷着连烟都忘了抽，也算是曲线戒烟了。

过了几天，屋子里的人除了我都在刷小视频，我心里痒痒的，也打算下载个视频软件，还没下载完，赵大突然把门推开问："你们谁看小视频？"

见没人搭理他，我只得回应说："都在看呢，我正准备下载软件与大家保持一致呢。"

赵大又问："最近有个挺火的视频博主是咱们市的，叫极限运动小姜，你们知不知道？"

大家都摇了摇头。软件一天更新近百万条小视频，就算是北连市本地的相关视频每天也有几万条，而且视频网站都是根据你的观看习惯来推送内容，极限运动属于小众运动，我们都不关注，自然也不会刷到这类视频。不过赵大说话时的表情挺严肃，不像是来闲聊的，于是大家都放下手机听他说话。

赵大继续说："刚才我们接到市里的通报，这个小姜是一个极限运动视频的创作者，三天前他在录视频的时候不小心坠亡了，这段视频还被别人发布到网上，造成了热议。本来这种事讨论讨论也正常，过几天也没人关注了，可是现在讨论内容逐渐偏离极限运动的范围，有人开始说咱们市治安差，社会环境不好。马上就要到夏天旅游季了，这给咱们市造成了很不好的影响，市里怀疑后面有推手在炒作这件事，让咱们调查一下。"

狐狸问："让咱们查什么？这也不构成案件呀。"

赵大说："这件事确实称不上是案件，但对咱们城市形象的影响很不好，而且外界说治安环境差，不就是说咱们的工作做得不到位吗？"

黄哥用手机找到极限运动小姜的账号，上面都是他发布的运动视频，最近三个月一共发布了二十多条视频，拍摄时间都是在晚上，内容涉及跨栏、爬墙和跳跃等，看上去似乎与跑酷差不多，但比起电影中常见的翻墙跳跃那种高难度动作，还是差远了。无论是从跑动速度还是动作协调性上看，表现都很一般，而且难度也不高。前面二十多条视频播放量只有几十次，最多不过百次，但最后一条视频观看量高达十三万次。

最后一条视频只有十几秒。画面开始是一个人的背影，这人在楼顶加速往前跑，接着起跳，朝对面的楼顶跳过去。如果这个人就是小姜，他在以前的视频中表现出来的弹跳力并不强，两栋楼之间的间隔有七八米，虽然有高度落差，但凭他的能力就算成功也很勉强。

在他起跳的瞬间，我就知道坏事了。这人的起跳点距离边缘很远，凭他的能力根本跳不过去。果然他跳起来后，距离对面楼顶还差一半就开始往下坠落，想靠胳膊去扒楼沿却根本摸不到，活生生地从楼顶掉了下去。

黄哥看完视频说："这不是胡闹吗？这哪是什么极限运动，这和跳楼自杀有什么区别？"

赵大说："这段视频已经被很多网络媒体转载。因为是在楼顶拍的，时间还是晚上，部分网友开始反映咱们城市在夜晚有治安隐患，局里很有压力。"

这事和我们关系不大，但视频在网上疯传，再加上有人刻意引导网络舆论走向，自然就会引起无端联想和猜测。夜晚、楼顶、死亡这几个因素放在一起就够博人眼球的了，再加上有真实的视频，想不引起关注都难，又有人趁机跟着起哄，事情就会越发偏离正常轨道。

麦sir查了这一事件相关报道的流量数据，发现几大门户网站上的新闻浏览量并不多，热度集中在一些个人社交媒体账号上。

社交媒体账号的注册主体可以是自然人，也可以是企业法人，但很多公司为了运营方便都以个人名义注册,实际上,这些账号的信息发布和运营都是由团队完成。这种团队运营的目的很简单,就是要流量,流量就是金钱,关注度高的账号才能赚到钱,为了获取关注度他们才会到处寻找热点新闻,比如前天这起极限运动导致失足坠亡的事件。但热点转瞬即逝,很快会消退,为了维持热度就要将热点扩散和延伸讨论,比如跟社会问题联系起来,把话题点从坠亡引向城市夜间治安环境不好。

转载视频的账号不少,麦sir按照时间先后顺序找到了最早发布新闻的账号,由此追踪,找到后续转载视频的账号,最终锁定将问题往城市夜间治安环境不好引导的三个账号,这三个账号的注册人都隶属同一家媒体公司。

公司名叫鑫丰传媒,注册时间不到两年,是一家主营新媒体的网络公司。

我们临走前赵大特意嘱咐说:"解铃还须系铃人,你们去和人家客气些谈一谈,他们愿意配合咱们消除影响就可以了,至于胡编乱造的事也没太大实际影响,就算了吧。"

我们找到了这家公司,他们在胜景中心租了一个写字间,规模不大,只有七八个人。见警察找上门,负责人宁凯显得很慌张,可见他对自己做了什么事心里有数。我们刚提了个开头他就把话接了过去,上来就向我们表示歉意,还声称他们并不是故意说北连市夜间治安环境不好,只是稀里糊涂跟风被带了节奏。

见宁凯态度不错,我们也没为难他,让他想办法消除影响就行了,不然临近夏日旅游高峰期,真要是因为一条视频让人不敢来北连市旅游,这损失可就太大了。

宁凯立刻安排人开始工作,我好奇地在公司里转了转,只见每个员工电脑里都有一份表格,表格中记录的全是社交账号,粗略一看,每个人负责的账号至少有上百个。几名员工一番操作后,一条新闻下面的某条评论瞬间点赞量攀升,不一会就变成了置顶评论。

五六个人在短时间内操作出一条条高赞评论，就这样，没到中午新闻下面的评论风向就全变了。

事情圆满解决，这期间我一直在观摩鑫丰传媒公司的工作，它的业务主要有两项，一个是发布热点视频，另一个是搬运外国视频，几分钟的视频只要点赞量和播放量高，赚的钱比我一个月的工资还多。而那个失足事件的视频在本月发布的所有视频中，播放量名列前茅，怪不得他们要靠话题来维持这个视频的热度。

转载视频的媒体都能赚取丰厚利润，原创者岂不是能赚到更多钱？想到这我不禁感到惋惜，原视频制作者不幸坠亡了，也许他的梦想就是通过拍视频出名发财，可惜最终梦想是靠他的死亡来实现的。这起事件成为各路媒体的饕餮盛宴。

于是我向他们问道："这个视频你们是从哪转载的？原创者死了是不是一分钱都收不到了？"

鑫丰传媒的员工回答："这个视频是从国外转载来的。视频的发布者赚了不少钱，我还在评论区看到他与网友互动呢！"

"国外？这个视频不是国内的人自己拍的吗？"

"这个视频是国内拍的，但是首发在国外，我们是从国外视频网站将这段转载重新发布出去的。"

"发布者不是极限运动小姜吗？"

"这个我不清楚，你说的这个账号发布视频的时间晚于国外，肯定是盗用别人的视频。"

"你刚才说的互动是怎么回事？死人还能在网上互动？"

"视频里做极限运动的人死了，但视频是别人拍的呀，里面有移动运镜拍摄的画面，应该是拍摄的人把视频发到国外网站，奖金和打赏也肯定是由他领到了。"

我转念一想又觉得不对劲,便问:"这是在北连市拍的视频,为什么要发到国外网站?"

"在国外有个相似的系列视频,其中一期的内容是有人从楼上失足坠落。我们转载的这个是模仿国外内容进行拍摄的,所以他们便发到外网了。"

这时我心里不由得一阵发怵,先不论国外跳楼的视频是真是假,如果是模仿拍摄,那岂不是开拍前就知道被拍摄的人会从楼上掉下去吗?这哪是什么失足坠落,这是自杀事件,甚至可能是过失致人死亡。

我把极限运动小姜的视频看了几遍,感觉最后那个跳楼的人与前面视频中出现的是同一个人,出镜的应该都是小姜。那为他拍视频的人是谁?靠这个视频获利的人又是谁?

我回到单位把心中的疑惑告诉了赵大。赵大一听眉头紧锁,目前普遍认为人是失足坠落的,还有视频佐证,想推翻这个结论难度很大,他让我去找死者的家属了解一下情况。

结果一查我们发现视频账号的注册者姓姜,而本人因失足坠落死亡了,我们急忙联系小姜的家属。小姜坠落时有人目击并打了急救电话,但这位路人打完电话后就离开了现场。救护车抵达后发现人已经死了,工作人员便把尸体直接拉到殡仪馆,其间有个人陪在旁边,但没留下任何信息。

尸体在殡仪馆停放了七天,随后来了一个外地人自称是小姜的老乡,为小姜办理火化手续后就离开了。这人倒是给殡仪馆留了一个电话,是个座机号码,我打过去显示是空号。

眼见小姜变成一个无人管的孤魂,连骨灰都只能寄存在这里的殡仪馆,这实在太过凄凉了。麦sir在网上查了,小姜的户口挂靠在外地的一个集体户上,他不但没有父母，连亲戚都没有。

麦sir的话给我提了个醒，我重新拿起电话先输入了外地的区号，然后再输入座机号码，这下打通了。过了许久才有人接电话，我一问才知道这个号码是稠树村村委会的座机号码，接听的人是村里的会计。

原来小姜是湖南稠树村人，父母是外来户，在村子里没亲戚，已经去世多年。小姜早早出来打工，一晃十多年没回老家了，可能对他来说稠树村也算不上老家。这次小姜出事后，有人给村委会打电话，因为小姜已经没有亲人，村委会这才派人来到北连市给小姜处理后事。由于小姜一家在村子里没有祖产或田地，村委会的人就把骨灰留在了殡仪馆。

在会计的帮助下我们又联系上给小姜处理后事的村治保主任。我询问当时的情况，治保主任说他在殡仪馆看到小姜时，小姜身上的衣服都破了，有人在殡仪馆留了一份死亡证明，他也不知道是哪来的，就直接签字将尸体火化掉。

我问治保主任小姜是否还有遗物，治保主任说留在殡仪馆的只有一张身份证，用死亡证明包着，除此外没有其他的了。连火化的钱都是村委会出的，事后治保主任还找两家银行查询过，也没发现有小姜的银行账户。

有人陪着将尸体送到殡仪馆，还协助办理了死亡证明，又打电话通知了小姜户籍所在地的村委会。这个人肯定是认识小姜的，很可能就是拍摄视频的人。

我们得找到这人，他肯定知道小姜死亡的内情。麦sir说："这人极力隐瞒自己的存在，甚至不敢见来帮忙火化的村委会人员，现在肯定躲起来了。不过他在现实中销声匿迹，不一定在网络上也彻底消失。作为视频发布者，只要他活跃起来，我们就能把他找到。"

小姜账号里的视频，最后一个先是在国外网站发布，然后才出现在他的账号上，这时候小姜早已死了。发布视频的很可能是拍摄者，小姜的视频账号也是他来经营的。我们猜测他在国内把视频发出来是想利用小姜的账号再捞一把。

按照网站要求视频发布者都要登记信息，其中一项就是电话号码。麦 sir 发现小姜账户的绑定电话号码在一周前被更换过。当前电话的机主是刘昊，来自黑龙江林口县，与小姜户籍地相隔三千里。

我们还发现了一条刘昊的租房信息，登记时间是两个月前，地址是北连市拦羊河边的一个小区。这个刘昊我们肯定要见一面，不过如何见面成了我们讨论的焦点。赵大觉得在没确定小姜的死与刘昊有关联之前，他还只是一名当事人而非嫌疑人，不能对其采取过于极端的手段。

是抓是堵？还是正常会见？我们几个各持己见。最后赵大决定上门。我们提前做好了各种预案，准备了各类话术，结果敲门后对方连问都没问，直接就把门打开了。我们冲进去后发现屋子里只有一名女子，刘昊不在家。对方见我们冲进来吓了一跳，扯着嗓子大喊大叫，我们费了好大劲才将她安抚住。仔细一问，原来她是刘昊的朋友，将猫寄养在刘昊家，今天过来取猫，正巧刘昊不在，她打算等刘昊回来再走。

屋角有只白色小猫瑟瑟发抖，看来被我们吓得不轻。

我问："你是怎么进来的？"

女孩答："刘昊知道我今天来取猫，告诉我钥匙在消防栓里。"

我问："刘昊什么时候回来？"

女孩说："我打电话问问？"

黄哥说："别耍花样，不然把你和刘昊一块带走。"

女孩笑着回答："我能耍什么花样，刘昊要是个坏人，你们赶紧把他抓走。我都要烦死他了，猫一送到这就挨饿。"

我回头又看了一眼小猫，确实骨瘦如柴。

女孩拿起电话打过去，才响了一声对面就接通了，她说："喂，刘昊你什么时候回来？"

"啊？好，我知道了。"女孩将电话挂断，对我们说："刘昊回来了，就在楼下，他让我下去。"

走！我们几个一同下楼，黄哥在后面让女孩跟着我们一起走，女孩转身把猫抱起来跟上了我们。我们乘坐一部电梯，出来后拐过走廊，透过大堂的玻璃窗就看到门外站着一个人，和我们在网上查到的照片很像，他就是刘昊。

刘昊站在门外一直朝里面看，我们几个刚从电梯间拐出来，他就注意到了。他一直盯着我们，短暂犹豫后，后退了几步。我心里暗叫不好，急忙加快脚步。这时刘昊突然转身就跑，见状我们也不装了，起步朝着他追过去。

这栋楼后面就是马路，沿着马路往东走，有七八条大街小巷，四通八达。可刘昊似乎慌不择路，转身径直奔向楼外的绿地，硬生生地从绿地中间穿了过去。绿地前面就是河岸公园，公园沿着拦羊河堤修建，只有左右两条路可以通行。

我们一路追过去，边追边喊。可刘昊充耳不闻，一个劲地往前跑，一直跑到公园里的河岸边，才回头望了我们一眼，然后沿着河岸继续跑。

我们的喊声不小，周围的人都纷纷往这边看。刘昊眼不瞎耳不聋，肯定也听见了，知道我们是警察，可他还跑得这么拼命，难道小姜的死与他有关？想到这我咬牙追了上去，渐渐拉近与刘昊的距离。

刚开始刘昊跑得挺快，但他耐力不行，没多久速度明显变慢了。眼看着我俩的距离越来越近，再跑一两百米我就能抓住他了，这时刘昊又回头看了一眼。我发现他看到我时笑了一下，还是露牙齿的那种笑。

就在我俩的距离相差不到十米时，刘昊突然停下，扶住旁边的栏杆，一脚踩上去后往前一蹬，整个人向拦羊河跳了下去。

扑通一声，刘昊以一个半标准的姿势入水，水面砸起一片水花。

我顿时愣住，脑子一片空白，大概有三五秒处于冻结的状态，手扶着栏杆眼睛直勾勾地盯着河面。拦羊河很浅，河里早就没水了，后来引入海水倒灌，河道最深处也不到两米。水面波光粼粼，乍一看深不见底，但其实没多深，这么多年即使有人不小心跌进去，也只会摔伤，不会溺水。

可刘昊一头砸进河里再也没出来！直到旁边有人喊了声"有人跳河啦"，我才反应过来。他的跳水姿势是头朝下，用这姿势往深水里跳还行，在拦羊河这样的浅水里，等同于用头撞击河底。

我急忙翻身跳下河，水才刚没过胸口，幸好刘昊落水的位置不远，我在水里摸索了几下终于找到了他，可在水里使不上力气，尝试了两下也没拉动。这时黄哥与狐狸都跳了下来，三个人合力才把刘昊给拉上岸，急忙将他送到医院。

医生初步诊断刘昊头部受伤，他这一跳，头部着地受到强烈冲击，虽然没有生命危险，但此时仍处于昏迷不醒的状态。

我们几个坐在医院里面面相觑，这么多年来亲手抓捕了上百人，也遇到过跳楼的，总结下来能做到这一步的人有两种：一种是穷凶极恶拼死一搏的，这种人犯的事足够让他在监狱度过余生；还有一种是赌徒，这种人的违法行为不严重，可在抓捕现场一群人四散奔逃，在环境氛围的驱使下，有人就会心怀侥幸，觉得能从窗户逃出生天。

在此之前我们调查了刘昊的个人情况，没有发现前科劣迹。更让我们疑惑的是，拦羊河的水深全北连市人都知道，两口子吵架喊一句"你去跳河吧"，指的就是跳拦羊河，可刘昊偏偏选了头朝下的姿势跳河。

我们通知了刘昊的家人。他的父母都在老家务农，现在正坐火车往这边赶。在电话里赵大特意问了刘昊是否学过游泳，他父母说刘昊根本不会游泳，家附近连条河都没有，从小到大他都不熟悉水性。

看来只能等刘昊醒了才能问清楚，可医生也说不准他什么时候会醒，也许是下一秒，也许是几天甚至几个月后。

没想到第二天事情变得超出我们的预料。天还没亮，赵大就被喊到市局，回来时他眼里带着血丝，眼睑几乎全红，拿着一摞纸重重地拍在桌上，站在那一句话都没说。我拿起纸一看，是打印出来的新闻网页，一排醒目的大字标题写着"警察抓捕致人跳河死亡"。下面还有一张配图，背景是拦羊河，照片中一个人正往前奔跑，他身后有个人在追。我仔细一看发现那就是我自己，前面奔跑的人是刘昊。

这时赵大才缓缓地说："你出名了。"

我脑袋嗡的一下，心想坏了，刘昊确实是在我追逐的时候跳下河的，关键是我们到现在还不清楚他到底有没有涉案，也不能发布案情通告。结果被网络媒体抢先报道出来，就更没法解释了。此刻就像黄泥巴掉裤裆，不是事也是事！

我当时全力追捕，根本没注意到周围的情形。现在回想，河岸公园有不少人，看到我们一前一后追赶，纷纷站到两边让出道路。从照片的位置和角度看，我在追刘昊时，拍摄者是站在我的前方拍的照，而我随后肯定会从拍摄者身前掠过，可我实在想不起来这个人是谁。

狐狸说："咱们不能沉默呀，这事得说清楚。是这小子自己跳下去的，我在后面一直喊让他站住。"

赵大哼了一声，回答："说清楚？能说清楚吗？你说了人家就能信吗？现在已经成热点新闻了，事咱们还没查清，只会越描越黑！"

我现在大脑里一片空白，以前也因为工作产生过误会，但很快就解除了，从来没像这次一样闹得这么大。这条新闻浏览量已经超过十万次，但没人关心他为什么被追。他也许是小偷，也许是骗子，也许是疯子，这都不重要。

黄哥问："现在局里对这件事是什么意见？"

赵大叹了口气，说："该挨的批评我都挨完了，现在正在走调查程序。除了网上发布的新闻还有一段视频，咱们追人的过程都被录下来了。"

赵大说完拿出手机放了一段视频。这段视频不长，不到二十秒，从我沿着河边追刘昊的画面开始，一直到刘昊跳河结束。不过我一看这视频就觉得有问题，它不是一镜到底，而是两个不同视角的镜头来回切换。我在河边追刘昊的整个过程不到十秒，视频通过拼接镜头生生将时间拉长到二十秒。

这段视频不是路人偶然拍摄的，从画面的两个角度看应该有两个拍摄者，而且他们相互认识，才能将两个视角的镜头剪辑到一起。

我说："我怎么感觉这段视频是在有准备的情况下拍摄的？这两个镜头的机位正好能拍到我追人直至刘昊跳河的全过程。"

赵大点了点头说："对，曲局也认为这是有预谋的。如果这件事是有人精心策划的，咱们把人找出来，事情才能彻底解决。"

我想了想，如果这段视频是预谋拍摄的，那么刘昊逃跑的路线就是提前选好的。刘昊要做的不仅是跳河那么简单，而且要把我们引过去，确保被镜头拍摄到。

略微细想，当时的情景跃然浮现在眼前。我们刚走到大堂就被刘昊发现，可他却站在外面停留了一下，确定我们看见他了才开始跑的。

当时我们的注意力全在刘昊身上，并没有太在意其他细节，现在仔细回忆，发现整件事的关键点就是我们下楼去追刘昊。事情越来越明朗，事发时刘昊不在家，而我们刚到他家刘昊就回到了楼下，女孩很痛快地帮我们打电话，在电话里刘昊让女孩下楼，其实就是设计让我们下楼。

四个工龄加在一起八十年的老警察,被一个小女孩耍了。我还在他们的舞台上扮演了一个小丑。想到这我的脸有些发烫,实在是丢不起这个人。俗话说阴沟里易翻船,我看自己连这句话都配不上,这简直是在马蹄坑里呛了水。

女孩也是策划者之一,找到女孩就能把这件事查清楚。她给刘昊打过一个电话,我们把刘昊从河里捞上来后没在他身上发现手机,估计是落在河里了。没有手机我们也没法知道女孩的手机号码。

我们几个再次前往刘昊家,这次我们把房东喊来将门打开。屋子里自然没人,摆设与我们之前看到的一样,说明女孩在我们走后也没回来过。

麦sir说他有办法,刘昊家里有网络,墙角放着一个Wi-Fi路由器,是房东给安装的。麦sir用电脑连上Wi-Fi路由器,调出连接记录,显示从昨天开始一共有三台设备连接过,分别是一台苹果iPad和两部手机。上面有接入和断开的时间,其中一部手机在昨天上午断开了连接,另一部是在我们抓刘昊的时候断开的,后面这部手机就是女孩使用的,麦sir将这部手机在Wi-Fi路由器中留存的数据包拷贝下来。

通过数据包我们从联通运营商那里拿到了手机上网的认证信息,其中就有手机号码,但这个号码是一个三无卡,无法确定使用者的身份,电话也已经关机了。看来这个女孩做了充足的准备,将使用过的手机卡扔掉了。

麦sir告诉我,现在手机软件在使用前都会要求用户授予访问权限,只要你打开权限,软件就会自动将手机的信息上传到服务器。这时候Wi-Fi会将一部分信息截取,这里面虽然没有个人信息,但有手机的IMEI码(国际移动设备识别码),又叫作串码。这个串码相当于手机的身份证号码。

早些年山寨机流行的时候,还可以靠串码打假,只要在拨号界面输入*#06#,就能看到手机的真实品牌,现在串码已经没什么用了。但是有一种情况,每当手机插入新的手机卡，通过运营商如联通、电信接入网络时，手机必须提交一次 IMEI 码用来与电话卡进行绑定，这时串码就会反馈到联通公司留下记录。这些都是后台自动操作，能给我们留下重要的信息。

虽然对方扔掉了临时手机卡，但他们只要不换手机我们就还能找出新号码。

我们先用被扔掉的号码反查，在联通公司的帮助下确定了那个女孩手机的串码，随后追查到曾经跟这个串码绑定过的手机号码。号码的持卡人叫吴晗雨，经过照片比对，确认她就是我们在刘昊家里遇到的女孩。

行程轨迹信息显示，吴晗雨昨日乘坐火车前往省会，与她同行的还有四个人。这次的事情闹得太大，造成的影响太坏了。赵大亲自带队，我们浩浩荡荡一行人直奔省城。

可以想见，赵大心里这股怒火不小，不但眼睛是红的，连嗓子都哑了，一说话像是被人掐住脖子似的。上火车前他又是滴眼药水又是吃药，平时挺爱开玩笑的人这一路上却沉默不语。黄哥私下告诉我等会儿注意点赵大，防止他冲动行事。

省城警方在火车站接到我们，没寒暄几句便带着我们直接去抓人。吴晗雨一行住在中街汉庭酒店，五个人分住在三个房间里，抓捕的时候他们正好全聚在一起，被我们一锅端。当时床上放着纸笔和手机，他们在商量下一个视频的拍摄内容。

这次抓捕行动很顺利，唯一的意外是在破门瞬间，我及时抱住赵大，我俩一起摔了个仰面朝天。等他再起身进去，现场已经控制住了，不然屋子里肯定有人要倒霉。回想起来赵大整天教育我们年纪轻轻火气别太大，可真遇到事了他却往往反向言传身教，但也正因为这样大家才觉得他亲切，人无完人，优点越突出缺点也越明显。

一下子抓了五个人，审讯起来方便多了，铜墙铁壁般的同盟也架不住人多嘴杂，只要有一个人说漏了嘴，就像是吹破了的气球，一下子气就全泄掉了。

这五个人里吴晗雨与她男朋友张鹏是网络媒体发布人，剩下三个中有一个是张鹏的朋友，主要负责编辑运营，另外两个是网上认识的网友，负责拍摄。

事情从一开始就是一个阴谋，由吴晗雨策划，张鹏来实施，另外三个人都是帮凶。

他们五人运营了一个媒体账号，主要是模仿国外的视频，一开始拍了几个视频还挺火，但同类的视频很快便多起来，几个人觉得要超过同类视频必须整点大活儿。正巧国外有一个系列视频叫普通人的极限运动，就是找没受过专业训练的人来做极限运动，他们便在网上发布信息高价招募演员，经过筛查后选了小姜。

选小姜就是因为没有后顾之忧，小姜无父无母，即使出事也没人管。他们模仿的这个国外节目的最终结局就是表演者或死或伤，从开始模仿吴晗雨便决定按照国外的剧本来，小姜肯定不得善终。

为了防止被警察怀疑，他们又选了个替罪羊刘昊，以他的身份分别在国内外开设了媒体账号，国外账号的受益人是吴晗雨，国内账号则是把名字改为极限运动小姜，以此欺骗小姜录制视频，并用这个账号发布。国外视频有播放奖励，当达到一定的播放量后就会有分成，靠这个坠楼的视频他们赚了一笔钱。可吴晗雨还想用国内的账号再捞一把，于是把小姜坠亡的视频发在了国内的视频账号上。在发现警察开始调查后，吴晗雨想到一个计中计，他们要拍一个警察追逐的视频，让刘昊去跳河，以此获得更高的关注。

刘昊是第一次来北连，并不知道拦羊河比较特殊。这条河有一道海坝，随着潮涨潮落，水深落差极大。而吴晗雨对这个情况了如指掌，她以拍摄为由让他用头朝下的姿势跳水，并骗他说很快救他上来。结果如吴晗雨所料，刘昊跳进河里时正值落潮，直接昏迷过去。

他们全程拍摄后立刻逃走，根本没在乎刘昊的死活。用张鹏的话说，吴晗雨几次表示刘昊死了才最安全。

在一人死亡一人昏迷后，这五个人竟然还想着如法炮制继续赚钱。不过他们的恶行到此为止了。虽然靠视频赚了一大笔钱，但这笔钱最终都会用于对刘昊的赔偿和治疗，而他们五个人接下来的归宿只能是监狱，而且得待很长一段时间。

009

相亲杀猪盘：骗子的爱情笔记

突袭定在晚上，到了十一点厂房里还灯火通明，我们组织了三十人从三个方向冲进去，一进厂房我大吃一惊。

这个厂房就是一个大型车间，里面经过简单的改造，整齐地摆放着十多张带隔断挡板的独立办公桌，桌上放着电脑和台灯。每张桌前都坐着一名女性，这些人戴着耳机与人聊天，不时发出欢快的笑声。

曾有人问过我，你的工作与身边的朋友相比最大的区别是什么。我想了想，说，侦查和抓捕都属于专业范畴，如果单纯从工作的角度来说，公安工作最与众不同的一点就是每天都是新挑战，我们永远都在面对不同的案件，接触不同的人，感受到这个社会的两面，有阳光照耀下的精彩，也有阴影遮蔽下的邪恶。

对方对这个回答似乎不太满意，又继续问，还有什么不同？我又想了想，回答说，那也许就是闲的时候是真悠闲，忙的时候是一件事连着一件事接续不断。

这次我们一连侦破数起网络犯罪案件，还没来得及喘口气，值班室就打来电话说有一张外省的协查函发到这里，办案人员已经到大队了，是关于一起网络诈骗案件。

我下楼一看，一共三个人，从安徽千里迢迢赶来，下了火车连行李都没放，直接奔我们这来，看样子确实很急。我急忙将人家请进来，寒暄几句后安徽警方将案件手续材料一一拿出来。

受案登记表上写着简要案情，被害人叫陶胜，今年已经六十三岁了，自述被人诈骗了二十多万元。嫌疑人叫曲婷婷，骗到钱后潜逃。她登记的户籍地在北连市，所以安徽警方这才派人前来调查。

带队的人叫李辉，胖乎乎的，脸圆圆的，戴着眼镜，一副文质彬彬的样子，乍一看和警察不搭边。李辉告诉我陶胜与骗子曲婷婷是在婚恋网站上认识的，两个人是恋爱关系，相处了大约九个月，其间陶胜给曲婷婷买东西、送礼物，还赠予其不少财物，前后花了二十多万元。本来两人定好在今年结婚，可是临近登记前，曲婷婷突然消失了。陶胜越想越觉得不对劲，这才来公安机关报案。

介绍完李辉补充了一句："这事不好办呀。由于找不到曲婷婷本人核实，我们只得先立案，不然被害者还抱有幻想。"

"抱有幻想？"我问道。

"对，陶胜还想着与曲婷婷复合呢！之前他第一次来报警，描述的情况是有人失踪。后来人一直找不到，事情闹大了，他女儿回家，一问才得知老爷子被曲婷婷连吃带拿搜刮了二十多万元，这才逼着老头重新来报案。"

我问："这个曲婷婷多大岁数？"

"刚满五十岁，看照片本人长得还挺年轻。"

"五十岁的妇女找六十三岁的老汉谈恋爱，拿了二十多万元，临结婚登记前跑了。这不摆明了就是骗婚吗？"

李辉叹了口气，摇了摇头，说："现在老头可不这么想，天天嚷嚷要撤案。"

"曲婷婷是做什么的？有工作吗？"

"我们那里查不到这个人的具体信息。她是北连市人，所以这才赶紧过来，时间不等人。老陶本来还想跟着来，好歹被女儿劝住了。"

这件事的确挺麻烦。本来谈恋爱期间的钱款往来就是说不清道不明的，现在被害人心里想着复合，如果他再不配合我们工作，就算找到曲婷婷也没办法。

案件的关键点在于如何证明曲婷婷是在诈骗，证实她的最终目的是钱，根本没有结婚的打算。想把这个事实查清楚还得从两个人认识开始，一点点慢慢往后捋。他俩谈了九个月的恋爱，这时间可真够长的。现在社会生活节奏快，有人连看个电影都想通过十分钟解说一口气看完，骗子更是追求短平快，打个电话聊几句就恨不得让你直接掏钱转账。像曲婷婷这样花几个月时间布局的算是少见的。

我问李辉要曲婷婷的身份证号码，李辉说没有。我奇怪地问："陶胜不是说曲婷婷户籍是北连市的吗？怎么连她的身份证号码都没有？"

李辉告诉我陶胜从没见过曲婷婷的身份证，因为陶胜喜欢刷抖音，在抖音里关注了曲婷婷，看到曲婷婷以前的抖音视频发布地都在北连市，这才以为她是北连市人。

我对李辉说，咱们一定得想办法把骗婚的证据挖出来，二十万元可不是小数目，可能是老陶一辈子的养老钱。曾经我抓过一个小偷，他说自己有四不偷——死人棺材本，活人救命钱，老人养老金，小孩上学财。相比之下，这个叫曲婷婷的骗子真是毫无底线。我问李辉："他俩是在哪个网站认识的？"

李辉拿出一张照片，照片里是一个手机屏幕，上面有各种软件，李辉指着其中一个软件告诉我两人是在这上面认识的。这个软件图标是一个红心，上面写着一个恋字，看样子是个恋爱交友软件。现在这种软件多如牛毛，本以为都是年轻人寻找刺激才会使用，没想到老年人也加入其中了。

我拿出手机一边打开软件应用市场一边问："这软件叫什么名字？"

李辉答："你不用找了，这个软件不但手机软件商城里没有，在百度上也搜不到。"

我问："那老陶是从哪下载的？"

李辉答："我们现在就卡在这件事上。老陶坚决不说，还把手机里的软件卸载了。这是他女儿之前拍的照片，不然我们连这个软件长什么样都不知道。"

我们心里都清楚，这次立案很勉强，想要找到诈骗的证据，肯定是要从他俩认识的动机开始调查，这个软件是最关键的线索。

我问李辉能不能想办法拿到老陶的手机，先把软件恢复了。李辉说这办法他们早就想过，但现在老陶睡觉都攥着手机，还重新设置了密码，就算拿到也无法解锁。

麦 sir 一直在旁边听着，这时开口说："既然软件商城没有，那么下载它的途径，还剩两种：一种是从网页下载，另一种是扫描二维码下载。从网页下载需要一系列登录操作，老陶这么大岁数不一定能弄明白，相比之下通过二维码下载就简单多了，扫一下就能自动下载安装，介绍他扫二维码的人就是推广软件的人，你们能不能查出来老陶都接触过什么人，尤其是在曲婷婷跑掉之后，老陶为了找人应该会与向他推广软件的人联系。"

李辉说："我们把老陶被骗后联系过的人员的身份信息都查了一遍，他给未实名的手机号码打过电话，是一个 170 号段的号码。我们没有查到那次通话时手机连接的基站，但历史记录显示，这个手机过往通话的基站中曾多次出现北连市的基站。"

手机通话都会留下一个基站信息，也就是手机连接信号时的塔台，每当手机接收短信或者有数据传输时，手机号码所属公司的服务器就会对此刻进行信号传输的基站做一个记录。

麦 sir 说："170 是网络虚拟号段，大多是在电脑上登录使用的。这种号码连 SIM 卡都没有，很少会在手机上使用。有通话记录但没有基站信息说明当时对方是用电脑登录的，但记录中出现了北连市的基站就说明使用者拿着手机来过这里。"

李辉想先找曲婷婷，毕竟已经立案了，起码要把人找到先问出一个结果来。对此我表示反对，我们都知道这是一起骗婚案，现在没有证据去找人，不仅处理不了她反而会让她继续顽抗。

先找软件！手机软件成百上千，虽然大部分都在监管范围，但三无软件也不少，这些不受监管的软件就像是没有挂车牌的车，无法通过正规途径去追踪定位。

不过麦sir有办法，所有软件都只有一个目的那就是赚钱，无论钱在网络中如何流通，在两个人之间来回流转多少次，最终都是要通过银行来实现。只要有转账记录我们就能找到软件背后的受益者。

老陶的女儿很配合我们的工作，她提供了老陶的银行卡信息。我们前往银行调查。在银行卡的账单中网络支付转账都会有一个备注说明，比如使用微信付款后，绑定的银行卡消费账单上会显示财付通支付，接着再与腾讯公司联系就能把支付对象的详细信息查出来。

我们按照这个方法展开调查，发现老陶曾经在软件上充了八百块钱，银行卡的消费记录对端是一个网络商城，再继续追查下去发现收款信息是个人私有银行账户，卡是工商银行的。我们按照卡号去银行查了一下，发现卡主名叫宋阳，是北连市人。

我们把这个人的身份信息和照片打印出来，李辉就想去抓人。我劝他别着急，现在八字还没一撇，外围调查才刚摸出个线头，大鱼还在后面，再等等。

有了身份信息再延伸调查其他的就方便多了，很快我们把宋阳使用的手机号码也找了出来。麦sir还是用老办法，直接用手机号码加微信，结果发现宋阳在朋友圈发布过一条消息，他参与组织了一场"夕阳真情"交友活动，时间就在下周，地点在奉城。

这个活动需要报名参与，朋友圈里有一个报名链接，点开后是一个网站。上面乍一看与世纪佳缘网有几分相似，可再仔细研究发现这只是个山寨版的网页，栏目版块挺多，但根本点不开，只是一个图标而已，唯一能点进去的就是活动报名入口。

活动介绍挺丰富，还有历次活动的照片和视频，背景清一色都是高级酒店宴会厅。再往下看有对参与人员的要求，第一条就是六十岁以上男性，每人费用八百元，后面还有一行小字写着由于报名人数太多，主办方会根据个人填报情况进行筛选，未能参加的予以全额退费。

最下面是信息填报栏，除了姓名年龄等基本信息，还有一个"是否为企事业单位退休人员"的问题选项。看到这我们异口同声说了句好家伙，这群人直接按照经济条件来锁定行骗目标，估计报名者只有在选项中勾选"是"，才能参与这次活动。

麦 sir 已经把宋阳的朋友圈翻了一遍，这类活动举办过很多次，但没有一场是在北连市的，都是在外地。我们把情况向赵大汇报了，赵大也认为最关键的是取得证据，查实身份信息后人肯定跑不掉。不入虎穴焉得虎子，思前想后我们决定派个人参与交友活动，看看他们究竟搞什么名堂。

由于对参加人员有要求，这次的任务只能由老同志上阵，起码年龄上得说过得去。重案队没有这个年龄段的，赵大没办法只得去别的大队把宏爷给借来。

宏爷是局里名人，年轻时嗓子亮能说会道，去食堂打饭都能多盛二两肉，现在岁数大了人油腻了，可精神头依旧很足。他还差半年就要退休了，没想到还能发挥余热。可宏爷是个妻管严，得知要去卧底相亲后，头摇得像拨浪鼓似的，赵大好说歹说他才勉强同意。

我们按照要求为宏爷编造身份，果不其然，报名表顺利通过，没过多久宏爷收到了短信通知。相亲大会定在周二下午，地点是奉城丽都花园大酒店。当天我们开车直奔奉城，这次任务有两个，一个是看看这到底是个什么样的骗术，另一个是跟踪追查宋阳的来历。

相亲大会下午开始，我们早早来到会场周围。会场是酒店三楼的一间大会议室，门前设置了签到处。经过一番观察我发现从大门进去的全是男性，没看到一位女性。正觉得有些奇怪，这时黄哥告诉我，他在酒店侧门发现八名女子一起从一辆面包车上下来，这辆车的车牌是北连市的，怀疑这几个人都是来参加相亲的。

我们几个在酒店外静静等着，其间狐狸找酒店大堂的工作人员搭话，从他们口中得知三楼的会议室对外出租给了一家叫夕阳情的婚姻介绍所。这是一家奉城的公司，最早是由民政局和报社办的再婚栏目转变而成的，在奉城这么多年口碑还不错。

过了一个多小时，我们就看到有参会的人从酒店走出来，而且还是一男一女结伴，俩人打了一辆出租车不知道去哪了。接下来一个小时内陆陆续续有六对男女一同离开，然后宏爷给我们发信息说相亲大会结束了。

参加的男性一共有十六人，最后有五个人愿意和女方进一步接触，其余十一个人包括宏爷在内都是独自离开。这时我们打起精神盯着剩下的人，和我们预想的不太一样，没能够牵手的三名女性一起结伴离开。大会的组织者兼主持人宋阳最后一个走出酒店，然后上了那台北连市车牌的面包车，与司机一起离开。

结束后宏爷向我们介绍现场情况，跟我们找其他婚介所了解到的相亲大会流程差不多，模式和套路都一样，唯一的区别是这次参与相亲的女性都很年轻。

一般中老年相亲会上男女的年龄差距都在五岁到十岁，绝不会差太多，而这次参会的男性里最大的都已经退休七年了，最年轻的女性才四十二岁，两个人差了二十多岁，这就很不正常了。不过也正因如此参会的男性都觉得这次相亲会办得好，质量也高。会上一下子有五对人愿意相互了解。

宏爷问了几个参会的人，他们都说是在手机软件上看到相亲会的，且无一例外都是收到婚恋广告短信，好奇地点击了短信中的链接，手机就自动下载了软件。

骗子肯定有一套专门筛选受害人的方法，我们现在没时间细查，只能先兵分两路对参与相亲活动的骗子进行盯梢。三名女性打了辆出租车，前往奉城市的一条商业街，选了一家烤肉店吃饭。三个人有说有笑的，看样子似乎只是想吃饭放松一下。而另外那台北连市车牌的面包车则是直接开到夕阳情婚介所，宋阳与司机一起下车走进去。这时狐狸在我身旁咦了一声。我问他怎么了，狐狸说他觉得司机面熟。

狐狸当机立断，准备进去看看，我问他难道不怕也被人家认出来吗？狐狸说不可能，说完他从大衣兜里掏出一条围巾套在脖子上，再往上一拉挡住下半边脸。这次出差往北天气转凉，狐狸怕冷带了围巾，又怕被我们笑话一直没拿出来，现在正好用上了。

不一会儿狐狸就出来了，他说这两人一直在与婚介所的负责人说话，根本没注意到自己。狐狸还借机听到了他们的谈话，得知两个人是来付钱的。这次他们借用婚介所的名义组织相亲大会，之前交了一部分订金，活动结束来付尾款。

和我们猜测的一样，这些参加相亲大会的人都是在网络软件上被招揽来的，骗子在网上可以胡编乱造，但到了线下见面就不能光靠嘴来说了。现在网络发达信息流畅，他们这种皮包公司一查就露馅，想把人唬住必须有傍靠的大树，比如这个老字号婚介所的招牌，所以他们花钱借了别人的招牌来举办相亲大会。

参与相亲大会的女性都是他们一起带来的，显然是一伙的。我们关心的是男方是如何被选中的，把他们定向选择行骗对象的方法查明白，就可以证实他们的真实目的是诈骗。

这时狐狸告诉我们有了新发现，他觉得开车的司机很眼熟，似乎是他以前处理过的一起案件的嫌疑人。但车子一晃而过，他没时间仔细辨认。

我问这个人有什么特征，狐狸说他记得以前的嫌疑人脸上有道疤，但这个司机的脸上有没有疤他没看清。

"有道疤？是不是在左眼下面？"麦sir问。

"对，你怎么知道？"狐狸语气显得有些惊讶，十多年前的案子，那时候麦sir还没参加工作呢。

麦sir将手机拿出来，打开抖音对我们说："我找到曲婷婷的抖音账号了，她把陶胜拉黑了，但是陶胜关注了她的好友，通过好友的共同关注对比一下就找到了曲婷婷的账号。关注曲婷婷账号的人不少，但和她相互关注的人不多，我挨个看了一遍，其中有个男的左眼下面有道疤，你看看是不是他？"

狐狸接过手机仔细看了会，大声说就是他！接着向我们讲述这个人的案子。听狐狸一说我似乎也有点印象。

那是十多年前的事了，我刚参警，在重案一中队给黄哥拎包，狐狸在重案二队，他们调查一起故意伤害案件。当时接警的情况是有人吃饭不付钱与饭店发生争执，结果被饭店员工打伤，再详细一查才知道被打伤的人并不是故意吃霸王餐，而是被骗了。

被害人在网上认识了一个女网友，被她邀请到这个饭店吃饭，吃完结账发现简简单单四个菜加上一瓶酒要收几千块钱。被害人不愿意付钱，这时饭店员工威逼利诱还想动手直接抢，其中自称饭店老板的陈海波拿玻璃杯砸到被害人的头上造成被害人重伤，这个陈海波就是现在开车的司机。

后来饭店为此赔了不少钱，陈海波也被判处有期徒刑，但一直到最后他都坚称是失手，不肯承认自己主动打人，与我们顽抗到底。

我说："是不是饭托酒托的案件？"

狐狸说："对。这男的是最早的那批酒托，他外号叫大海，吃饭的地方是他们租来的,骗人来喝酒的女人是他对象,好像是叫曲燕。"

李辉拿出曲婷婷的照片给狐狸看,问道:"你看是不是这个人?"

狐狸拿过来看了半天摇摇头,说她俩差距也太大了,脸型都不一样。

安徽警方想直接抓捕,但我们一直没同意。赵大坚持一定要先摸清情况找到证据后再行动,这起案件的受骗者都不配合,证据是唯一能把嫌疑人送进监狱的手段。这段时间李辉一直跟我们在一起,眼见有眉目了,他比我们还着急。

我问狐狸:"他们在做酒托饭托的时候是如何挑选被害人的?"

狐狸说那时候骗术也拙劣,全靠网络来进行撒网。他们用 QQ 不停地检索账号,加好友,发消息,十个人里面能有三四个回复的,聊几句后有的人发现有问题便不再回应。他们再继续加人发消息,就这样一百个人里总会有上当受骗同意来吃饭的。

这类似于穷举法了,也只有在那个时代才能行得通。十多年前网络聊天盛行,大家与陌生人接触大多没什么防备之心。见网友是一件稀松平常的事,网聊的终点就是见面,这才给了酒托和饭托可乘之机。

现在诈骗的方式发生了翻天覆地的变化,能直接骗绝对不会花费精力去见面。骗子与网友也只局限于聊天,而网友警惕性也越来越高,一旦看到卖茶叶炒股票等话术,立刻拉黑对方,但也还是会有人中招。

陈海波与宋阳从婚介所出来后开车往高速口奔去,我们急忙跟上。黄哥带的另一组发现吃完饭的三名女子也打车往高速口去,两伙人会合后一同开车返回北连市,看来他们在奉城的工作结束了,其他六名在活动中成功配对的女性都留在了这里。

我们沿着高速一路跟踪,发现他们没往市内开,而是在普市下了高速。普市本来是北连的一个县,后来升级变成了县级市。我们一路跟着他们沿国道走,最后来到普市工业园区。最早这里是一片厂区，里面有各种机械设备配套制造厂家。后来普市最大的轴承厂改制，整个产业链和供应链也随之发生变化，这片园区里的企业倒闭了一大片，现在只剩下零星几家还在维持经营。几年前偌大的园区到了晚上如同白昼，现在一眼望去黑漆漆的，只有点点灯火，马路上连车都看不见。我们怕被发现没敢跟太近，在离园区入口有一定距离的位置停下，目送他们开进去。

园区在普市北面，多年前热闹时附近还有宾馆，现在冷清得连个超市都没有，更别提住宿了，仅存的几个厂子的工人也都在市内住。这伙人这么晚不回市内却往园区走，里面只有一条路，继续往北就是菜地，再远一点倒是有一个村子，但这几个人肯定不可能在村子里住。

我们猜不透他们想干什么，只得在道口将车灯关掉熄火等着。谁知这一等就是一宿，直到天色泛白我们也没能看见他们的车出来。为防万一黄哥特意开另一台车在园区北路守着，一前一后将园区守死，同样也没发现他们的车。

我们不能把时间浪费在这里，还有很多工作要做。赵大安排留下几个人守着，我和麦 sir 都返回大队，宏爷在相亲会上收集到参与者名单和一些其他信息，比如电话号码或者微信号，我们把这些信息逐一落实，确定参与的男性都是奉城市人，而女性都是北连市人。宏爷一共拿到三名女性的联系方式，这三个人里两个人有前科，分别是诈骗罪和重婚罪。

现在看来这伙人都是老手了。这次李辉终于不再着急了，他和我们都清楚，陶胜被骗不是孤立事件，这是一个有预谋、有组织、有计划的诈骗团伙。很明显他们骗了不少人，真正来报警的却没有几个，说明他们不但诈骗经验丰富，还懂得规避风险，让被害人心甘情愿被骗。

这伙人在十年前就搞诈骗，这么多年后经验也更丰富，反侦查能力也更强，所以才找到这样一个隐蔽的地方来组织行骗。我们猜测之前曾被打击处理过的曲燕也跟陈海波在一起，不过宏爷没在相亲会的名单上看到她，估计她躲起来了想避一避风头。

相亲名单里没有曲婷婷，但麦 sir 在短视频平台的配合下拿到了曲婷婷注册账号的信息，这里面就有她的身份证号码。将她的身份证号码输入系统中时，我们发现她现在的照片与系统中存档的完全不一样，上面还有个备注显示曲婷婷曾经更改过姓名，曾用名一栏上写着曲燕两个字。

系统中储存着过往使用过的所有照片。狐狸指着一张黑白照片说这就是当时抓的人，曲燕。我们发现这个曲婷婷的身份证号码与曲燕差了一位，现在曲婷婷身份证最后一位是 X。

曲婷婷就是曲燕！

怪不得安徽那边没查出任何东西，曲婷婷的身份证号码改了。本来身份证号码是不能修改的，但由于历史遗留问题，个别一代身份证号码在重新办理的时候会在后面增设一个 X，正常情况下之前的号码就作废了，曲婷婷有了一个新的身份证，只有在我们本地的系统还能看到她之前的身份证，相当于她有了两个身份。再加上她现在这张脸一看就是整过容，脸型都发生了变化，再加上化了浓妆，别说狐狸，就算是她亲妈拿着照片比对也一样认不出来。

确定了曲婷婷就是曲燕，他们只是从酒托、饭托变成了婚托。

这群骗子还挺与时俱进，赶上了互联网这股热潮。这些网络婚恋 App 其实换汤不换药，用的还是那一套骗术，只不过手段更加隐蔽，选择的目标更加精准，只锁定中老年人，手法变成放长线钓大鱼。虽然诈骗需要时间来铺垫感情，可一旦得手就是低风险高回报。

我们把曲燕的前科资料打印出来交给李辉，李辉再传回安徽，安徽警方立刻行动把这份材料拿给陶胜看。事实摆在面前，曲燕是骗子出身，终于把陶胜从梦里敲醒了。他把软件的下载途径发给了我们，那是一张二维码图片，陶胜怕误删软件特意保存了一份。

用这张二维码我们下载了软件，麦 sir 立刻开始进行解码。

手机软件无论大小都需要一个网络服务器来维护，一些用户量大的知名软件，所属公司都是使用自己的服务器，像这种三无产品，运营公司大多是租用公共服务器。麦 sir 解码打算查一下数据流的终端在哪，找出软件使用的服务器。

软件没什么防护措施，很快麦 sir 就找到了终端，服务器属于一家科信公司，地址在四川。在网上我们找到这家公司租售服务器的广告，下一步就是给四川发函，让当地公安协助调查这家公司租用服务器的手续，上面肯定会有人员信息和服务器管理的软件的网络地址。

几乎同一时间，在普市园区蹲守的同事来信了。他们在中午时分看到那辆车开了出来，一路跟随发现车停在普市的一个农贸市场，从车里下来的人买了一大堆菜后返回园区。从购买的食材数量来看，这一顿饭起码够二十个人吃的。

本来我们还想等四川那边的回信，赵大说不用了，这伙人十有八九就在园区里，现在开工的厂子没几个，园区里都是工业用电，一厂一个电表，去电力局查一下用电记录就知道他们在哪了。

情况果然和赵大说的一样，电力局查到近一年内已经倒闭的耐酸泵厂每天的用电量不少，而且是二十四小时不间断用电。因为电费一点没欠，所以电力局也不会去管是谁在用电。

园区位于一处山坳，一条路两侧都是厂房。耐酸泵厂位置特殊，在一个临街厂房的后面。开车从园区经过，不仔细找很难能发现那里还藏着一家工厂。

现在可以动手抓捕了，初步断定这里面有十多人。之前我们不敢抓曲婷婷是因为只抓到一个人怕证据不足无法处理，现在眼下有一群骗子，只要有一个坦白犯罪，那么这十多个人就可以一锅端了。

调查诈骗案时涉案人越多越好，最关键的证据就是诈骗手段和方式，口供越多越容易取得突破。故意伤害案正好相反，尤其是徒手殴打致人死亡的情况，人越多越讲不明白最关键那一拳是谁打的。

我们先对厂房周围进行摸排，这次技术中队还用上了无人机。厂房呈 L 形，一部分是生活区，另一部分是工作区。里面还有人做饭，到了中午炊烟袅袅。从人员进出观察至少有二十人。这些人都不出厂房，除了吃饭似乎都在工作区干活。

突袭定在晚上，到了十一点厂房里还灯火通明，我们组织了三十人从三个方向冲进去，一进厂房我大吃一惊。

这个厂房就是一个大型车间，里面经过简单的改造，整齐地摆放着十多张带隔断挡板的独立办公桌，桌上放着电脑和台灯。每张桌前都坐着一名女性，这些人戴着耳机与人聊天，不时发出欢快的笑声。

另外还有五六个人在使用电脑干活。经过询问我们得知，他们的工作是筛选信息和编造身份，屏幕上都是记录了个人信息的表格，里面只有姓名、年龄和电话号码。这些人按照电话号码搜索微信号，翻看朋友圈，确定有价值的便给其发短信，短信内容都是邀请下载相亲软件。编造身份就更简单了，他们在相亲软件里面上传编造好的身份信息，国企员工、私人老板什么样的都有，唯一真实的就是照片，使用的全是他们这伙人中女骗子的照片。

在屋子最里面我们看到了陈海波，他与宋阳坐在一起，身前摆放着一套茶具，正在悠闲地喝茶。

行动很顺利，一共抓住二十七名涉案人员。这伙人分工细致，目标明确，主要作案对象就是中老年人。而他们的信息来源更特别，一番审讯后终于有人交代，这些中老年人的信息是从殡葬礼仪公司买到的。

这下终于解开我们的疑惑了，他们为什么能精准找到受害人，不仅对受害人的经济条件有一定掌握，更重要的是找到的受害人全是有再婚需求的，原来是这样。

他们先对买到的身份信息进行一番筛选。看不到对方朋友圈的，他们会用其他办法，比如伪装成移动联通公司的工作人员，或者是街道社区人员与受害人套近乎，一点点了解受害人的生活状况，确定符合目标条件后才会发短信。

大多数老人第一次收到短信时都不会理睬，但诈骗团伙连续不断地发送，总会有人下载，只要下载就进入了陷阱。下载这个软件的人都是猎物，女骗子们就会展开攻势。

最终线下见面时，他们会用一个看似很正规的方式组织见面，就像这次相亲活动。但参加相亲会的人中有几对早已在软件中聊过了，相亲会只是一个见面的契机。相亲会一是让受害人觉得运营方很正规，二是给其他参会人一种错觉，让他们认为可以通过软件找到对象，他们就是潜在的下一批被骗客户。

010

跳海自杀的人，第二天出现在网络直播里

前天跳海的人，尸体跑到了山里的防空洞！

这时黄哥突然问我："你记不记得这两个主播说，在防空洞探险是他们进行的第二次直播？"

我答："对，我记得。"

黄哥问："那你也应该记得他们第一次直播是在哪吧？"

我当然记得，直播的录像都在王浩宇的手机里，他们第一次直播的地点就是滨海路的海崖下面。

打击犯罪的工作是一条没有终点的路,而发案则是这条路上的发令枪,一声枪响后我们就得争分夺秒去追缉罪犯。按理说这么多年我们早已对各式各样的发令枪声习惯了,可每次听到还是有心头一紧的感觉。在派出所时,枪声是电台传出的呼号,在重案队时是值班室打来的电话,现在我们成立了专案组,桌上的座机成为新的发令枪。

临近初夏的一个上午,打开窗户,外面阳光明媚,远处传来学校悠扬的午间操音乐,不由得让人精神放松,有种懒洋洋的感觉。这时办公室的座机响了起来。

刚接起来那边便直接问:"请问是网络犯罪专案组吗?"

我心说这是谁给起的名,不过开口点名找我们肯定有事,便问:"对,您是哪里?"

"我是市局指挥中心的。昨晚在你们辖区有人报警说发现了一具无名尸体,刚才市局法医尸检中心反馈尸体有问题,需要市里派人协助调查。我给刑侦大队打电话,赵雷大队长让我直接联系你们网络犯罪专案组。"

无名尸顾名思义,就是暂时无法确定身份的尸体。发现尸体对我们来说是一件稀松平常的事。很多自杀者会选择在荒郊野岭自杀,尸体常被路过的群众发现并报警,然后由公安机关去处理。

我们处理尸体有标准流程，先由法医确定是否为他杀，如果有被害嫌疑就启动立案调查。如果排除他杀因素，接下来会核实死者身份，然后联系家人处理后事。但也有无法确定身份的，比如身上没有任何物件，或者尸体长时间暴露在外导致腐败严重无法辨认。这种情况我们都会发布通告，到期无人认领便由民政部门一并火化。

如果法医在尸检中发现问题，那么就属于致人死亡的案件，应该由重案队接手。为什么会转到我们这里？挂断电话后，我带着疑惑与黄哥一起前往尸检中心。

法医大奎与我们是老相识，见我先愣了一下，表情从严肃变成笑脸，说："听说要把这具尸体交给什么网络犯罪专案组，我还以为是何方高人，结果还是你们几个。"

我说："你少来这套！专案组是专门侦办网络犯罪的，我正想问你，这活儿怎么派到我们这来了？"

大奎说："要么怎么说冤家路窄呢！以前你接手的案件，发案时都是轮到我值班，本来三五百字就完事的报告非得让我写够两千字，你搁这让我写小说呢，今天可算是回敬你了。"

市局法医夜晚轮班，案发时谁值班谁负责出尸检报告。大奎出具的报告一向简略，每次我都逼他返工重写，让他叫苦不迭。

我说："你别贫嘴了，快说这具尸体是怎么回事？"

大奎说："这具尸体是昨晚被人发现的，报警人叫王浩宇，是个网络主播。昨晚他和搭档一起去绿山防空洞探险，同时直播，结果在洞里发现了这具尸体，然后报了警。今天早上我解剖时发现尸体肺部有水，应该是溺水身亡，可是在防空洞里怎么会淹死人？大概率是死后被人挪到了防空洞里。"

我说:"是自己不小心淹死还是被人溺死,这个得靠你来断定。"

大奎说:"从解剖来说不慎淹死和被人溺死没什么区别,主要看身体外表有没有特定的痕迹,目前尸体身上只有擦伤痕迹。"

我问:"发现尸体的人现在在哪?"

大奎说:"应该还在派出所。"

我和黄哥赶到绿山派出所,在候问室里看到了这两名主播。是一男一女,看上去岁数差不多,应该都是三十岁上下。两人靠在墙壁上闭着眼,显得有些疲惫。黄哥见状弄出点声响,见两人先后睁开眼才说:"你们就是昨晚发现尸体报警的人?"

男的似乎刚醒还有点迷糊,女的在一旁点了点头回答说是。

我和黄哥将两人分别带到不同的房间单独询问,事情发生距离现在不过几个小时,两人都记得清清楚楚,不一会儿我们就把基本情况了解清楚了。

男的叫王浩宇,女的叫丁莉莉,他俩是在半年前认识的。当时丁莉莉在做网络直播,还劝说王浩宇把工作辞了和她一起搭档。俩人一直合作到现在,直播的内容以户外运动为主,社交账号已经有了八万名粉丝。

现在主播可以说是最热门的职业之一了,全国干这一行的人近百万。毕竟这一行门槛低,只要用手机注册账号,谁都可以发布视频,内容五花八门什么都有。

主播发布内容的方式有两种,一种是提前录制,做成视频上传,另一种是现场直播。这两个人主要做的是后者。在屋子里我就看到了他们的直播装备,有一件特制的马甲外套可以把手机悬挂在肩膀上,后面还带着充电装置。这样镜头就可以跟着人走。背着摄像头的人时不时能在镜头中露出胳膊,另外一个人则全程出现在直播画面中。这套设备还有一个麦克风可以挂在嘴边,能清楚地录下两人的对话。设备最长可以录制五个小时,他们一边直播还能一边与网友互动,方便快捷。

一个行业火起来就会有无数人扎进去,现在做网络直播的人越来越多,内容种类也更加丰富,这行已经内卷到如同千军万马齐闯独木桥,想出名得有抓住人眼球的东西才行。户外运动直播吸引了很多职业运动员参与,他们播出的内容无论是危险程度还是动作难度都远超其他人。这两人做了半年直播,账号不见起色,决定另辟蹊径,于是便从户外运动转为户外探险直播。

这是他俩转型后做的第二次直播,结果就出事了。

探险的地点是他俩提前选好的。绿山防空洞是北连市最大的防护工程,据说整座山都快被掏空了,连我都不知道里面究竟有多深。本来防空洞应该是封闭的,但人防办将防空洞的一部分区域租出去用作冷库存放水果和海鲜。因此绿山防空洞的大门是开着的,还有一个门卫。从洞口往里就是仓库,平时这里灯火通明。

王浩宇说他以前做过海鲜生意,来这里取过货,大概知道防空洞的构造。绿山防空洞分人防区和民防区两部分。人防区是应对战争的防护工程,兼顾储存物资;民防区是应对自然灾害的设施。一进防空洞是人防区,结构简单,只有一条路。路两边是一个个隔间,平时用于储存物资,现在就是水果和海鲜的仓库。仓库后面是面积较大的人防封闭区域。

这次探险直播原本预计的时长是四十分钟。他们从洞口进去穿过仓库后,看到一扇铁门,门早已生锈。他俩把上面的锁撬开后才进去,直播探索路线就是从这里开始。

他们走过人防封闭区域,再往里就来到了民防区入口处。这里也有一扇铁门。民防设施就复杂了,不但上下有好几层,还分不同的区域和空间,这是为了应对战争做的各种隔离区。他俩的计划是穿过人防区主干道走到民防区通道口就结束,可是直播到民防区入口时正是观众情绪兴奋高涨的时刻,观众纷纷发弹幕要求他们把民防区的铁门打开继续往里走。

这时俩人发现这扇用于隔离两个区域的铁门没有锁,试着推了一下就开了。两个人为了涨粉决定按照观众要求继续往里走,没走多远就发现了那具尸体,两人急忙撤出来打电话报警了。

两个人的叙述没什么出入,事情的起因经过和结果说得完全一致。但我还是觉察出了一点问题,王浩宇对这个防空洞很了解,于是我问:"你说你曾经来过绿山防空洞?"

"对,我以前做海鲜生意,来这里拿过货。当时我比较好奇,就和别人聊天打听关于防空洞的事,听他们讲了一些,我就记下来了。"

大概是见我有些怀疑,王浩宇继续说:"其实这次探险的地点是我选的。我以前来这里等着装货时往里面走过几次,知道民防区那边独立的隔间挺吓人,为了直播效果所以才选了这里。"

丁莉莉也承认了这一点,她说的与王浩宇一样。直播时王浩宇在前面带路,镜头由丁莉莉拿着,丁莉莉对探险路线不十分清楚,她说这也是故意安排的,这样直播时效果更好。主播假装害怕喊一声和真被吓了一跳的样子是不一样的,观众更喜欢看真实的反应。

丁莉莉说直播有录像留存,都在机器里,打开播放能看到探险的全部过程。我们粗略看了一遍录像,画面还挺惊悚,黑漆漆的空间里只有一盏头戴式照明灯。两个人一前一后摸索着前进,他们走得很慢,四十分钟的时间可探索的范围并不大。我们看得最仔细的是录像快结束时,他们走到民防区,前面一排都是隔间,粗略看有十多个。他们选了两间没有门的屋子来探索,在第二间屋子里发现了尸体。伴随着丁莉莉的一声尖叫,整个录像到此结束。

录像似乎没什么问题，民防区里隔间很多，大多数的门都是完好的，破门而入又是件很费劲的事，所以探险时才会选两个没有门的隔间，而抛尸的人也会这么选。但录像只是记录了他们探险的部分过程，我和黄哥决定去防空洞现场再看看。

正值中午，绿山防空洞门口乍一看像批发市场似的，货车三轮车进进出出，不停地有人运货搬货，货物除了水果海鲜还有各类蔬菜。防空洞门前本来是围挡，现在改建成了一个大门，确实有一个门卫坐在那，可面对进出往来的人他问都不问。

绿山这里每年都会发现几具无名尸，从山上抬下来都会经过防空洞，门卫早已习以为常。而这具尸体是法医大奎进行尸检后才发现是溺死的，没几个人知道死因，在这工作的人都以为是自杀。加上防空洞本来就没外人去，之前技术中队的人在做现场勘验时连防护带都没拉，所以周边的人并不知道这里发生了一起刑事案件。

我和黄哥将车停在门外，就这样大大方方地径直走进去，门卫连头都没抬，也没其他人来问一句。绿山防空洞是按照人防工程最高等级修建的，里面可以容纳两辆解放牌卡车并行。由于长期被用作仓库，这里的通风系统一直运行，走进去一点憋闷的感觉都没有。我俩沿着主路一直走，沿途能看到两边仓库存放着各种货品。走了三四百米前面逐渐黯淡下来，当我们走到一个铁栅栏前，再往里面看就是黑漆漆一片了。

铁栅栏中间有一扇门，这就是王浩宇说的人防封闭区的铁门。当时报警后，在派出所警察到达现场前，王浩宇和丁莉莉已经把尸体从里面抬出来了，从这往里除了他俩只有技术人员进去过，只是现场勘验结论还没出来。门是靠铁链与栅栏绑在一起的，现在铁链散落在地上，我和黄哥打开手电在周围检查。虽然已临近初夏，可我总感觉有股寒气从前面黑黝黝的洞中不断吹出来，让人不停地打寒战。

铁栅栏表面有一层锈痕，手摸上去都有铁屑脱落。我用手轻轻推了下铁门，一阵刺耳的吱嘎声响起，铁门慢慢滑开。这时黄哥在一个角落发现了一个断开的锁梁和生锈的锁身，这应该就是王浩宇砸开的那把锁。

黄哥问我："王浩宇是怎么说的来着？他怎么把锁弄开的？"

我回答："他是用铁锹砸开的，他的包里有一把工兵铁锹。"

直播时，镜头在丁莉莉的肩膀上，录像中能看到站在前面的王浩宇抽出随身的工兵铁锹砸向铁栅栏，然后将铁链子抽下来推开门走进去。

黄哥把锁递过来说："你看看。"

我接过来仔细一看，这把挂锁断成了两段，一个锁梁和一个锁身，锁上布满了锈迹，与铁栅栏是一个年代的产物，U形的锁梁除了断裂痕迹还出现了弯曲。我急忙把地上的铁链捡起来，用它把门与栅栏绑在一起，然后拿着断开的挂锁比量了一下，发现当还原门锁后，锁梁是从里朝外弯曲的。

如果王浩宇用铁锹自上而下砸，应该会直接把锁梁与锁身砸断，锁梁不会出现弯曲。现在锁梁呈现出来的弯曲状，说明挂锁在被砸开前已经被什么东西撬过了，表明很可能之前就有人来过这里。

他俩砸锁前曾观察了一会儿，肯定会发现锁的异常。在发现锁被撬开后还继续砸锁，那只能是为了表演给大家看。这俩人有问题！

黄哥从一开始就觉得不对劲，王浩宇回答问题时还正常点，但无论问丁莉莉什么问题，她总是磨叽半天才回答，而且说话时目光一直避开黄哥，眼睛左顾右盼。这样的人我们见多了，都是心里有鬼的。

尤其是我们告诉他们没什么问题可以先离开时，丁莉莉明显松了一口气，当听到我说需要他们随传随到后,她表情又立刻显得紧张起来。

不过这扇门被提前打开也有合理的解释,我说:"抛尸的人肯定进来过,门锁应该是他撬开的,然后离开时又挂在铁链上。"

黄哥说:"既然门锁已经被撬开了,录像里王浩宇还拿着铁锹砸什么?"

这次我站在王浩宇的角度思索了一下,如果抛尸的人离开时把门锁重新挂回去了,即使锁是打开状态,在黑漆漆的洞里不仔细看也不易发现,没看清所以才拿着铁锹砸。这么解释也说得通。

我和黄哥走出防空洞,天空晴朗,空气清新,刚才那种压抑的感觉一扫而空。这时赵大给我们来电话,说死者的身份核实出来了,叫刘子诺,前天在滨海路坠崖,她男朋友已经报警了,现场还发现了她的遗书和手机。

前天跳海的人,尸体跑到了山里的防空洞!

这时黄哥突然问我:"你记不记得这两个主播说,在防空洞探险是他们进行的第二次直播?"

我答:"对,我记得。"

黄哥问:"那你也应该记得他们第一次直播是在哪吧?"

我当然记得,直播的录像都在王浩宇的手机里,我们把两个录像都看了一遍。不过第一个录像我没仔细看,那次直播时间很短。他俩的解释是第一次直播找找感觉,录像显示两个人走在树林里的一条土路上,镜头晃得很厉害,能听见一阵阵波浪拍打礁石的声音,几乎听不清两人说话,不一会儿直播就关掉了,录像也到此为止。

但不难判断,他们第一次直播的地点就是滨海路的海崖下面。

我咬着后槽牙骂了句:"两个小兔崽子不说实话,我把他俩重新叫回来!"

黄哥拦住说:"等等,这次咱们先去看看现场,回来再问。"

我和黄哥来到滨海路。这条路虽然是临海而建，但它并不邻近海边。这边的海岸线本是一片山峦，滨海路就是沿着山腰修建的，在这里虽然可以看到海面但不能戏水玩乐。

不过有很多人摸索出了从滨海路走到下面海崖的方法，在直播录像中王浩宇和丁莉莉就是选择从六角亭附近的陡坡下去。我们看到本来绿草如茵的山坡上出现了一条光秃秃的土路，显然从这里下崖的人不少。下面是礁石滩，涨潮时水正好能没过去。这里是个钓鱼的好去处，每天早上四五点钟都会有不少人在这抛竿钓鱼。

山坡陡峭，幸好周围有树丛，一路连拉带拽，我们才来到海崖下的石滩上。这时候正好是落潮，礁石全露出来了，走在上面深一脚浅一脚的。我回忆了一下王浩宇和丁莉莉拍的探险视频，他们下了崖开始直播，一直顺着海崖往前走，到西洼石才停下，然后顺着那边的小路上坡离开，全程四五百米。

礁石不比平地，走一步滑一步，短短四五百米的距离要走大约二十分钟。我们沿着同样的路线走，到西洼石也没发现什么异常。接着就要上坡了。这里的坡与六角亭附近的不一样，它是之字形的，相对平缓许多。但滨海路的路边不允许停车，所以很少有人从这里走，都是把车停在六角亭边的停车场然后从那边下崖。

这次黄哥走在前面，他走了几步停下来，指着坡道边一棵树说："你看看这里。"

我探过身一看，这棵树上面有块树皮被揭掉了，大约巴掌大小，很明显是被人故意揭掉的。继续往上走陆续又发现了几棵树，也都是被揭掉了一块树皮。

我回想了一下直播录像，觉得有点意思，我上坡时要用手扒住沿途的树枝，这些被揭掉树皮的部位都是在树干正中间，只要他俩抬手去拉树枝，镜头就会拍到，但直播录像里没出现一棵树。镜头一路来回晃动，最后都朝向地面，仿佛他俩一直在低头走路。

再继续往前走,我和黄哥又在一块石头上发现了血迹。这块石头就在小路中间,嵌在土里,血迹已经干了,不是很明显。但在我印象里直播镜头一直对着地面,也没拍到这块血迹,把我们发现的两个重点问题都避开了,这段录像的镜头太刻意了。

这时听见有人喊我俩的名字,我和黄哥抬头一看,在头顶的山坳处站着一个人,再仔细看是狐狸,正朝我们摆手。我俩继续往上爬,又用了十多分钟绕了一个大圈才终于爬到西洼石顶。

我问狐狸怎么在这,狐狸指着脚下说这就是死者的跳崖现场,赵大让他来看一看,结果就碰到我们。

我问:"死者在这跳崖?"

狐狸说:"对,死者因为男友与她分手想不开,前天来到滨海路就是站在这里给男友打电话,然后跳了下去。她男友赶过来后,在地上看到死者的手机和遗书,然后就报了警。报警后死者男友下去找了一圈没发现人,海警在周围的海域也没发现尸体,今天死者男友看到无名尸通告后去了尸检中心,这才确认了死者的身份。"

我问:"因为分手就自杀?"

狐狸说:"死者生前曾经去医院被诊断出抑郁症,但这件事瞒着男友,不然他知道的话或许还能挽救一下。"

我俩站在岸边对着大海注目片刻,默默为这名死者祈祷。我们不信鬼神,但是敬畏死者。在每一起命案中,我们抓捕罪犯都是在为死者讨回公道。

狐狸问我俩为什么会来这里,我把调查发现说给他听。狐狸听完说:"这不是明摆着的事吗?尸体肯定是王浩宇给挪到防空洞里去的,再把他俩喊过来。"

我和黄哥都摇了摇头，现在不能再次传讯。

在侦查中你可以一点点地试探，慢慢摸索找寻答案，但如果是与人斗智斗勇就不能将战线拉得太长。对一个人的传讯时间只有二十四小时，虽然你可以多次使用，可反复传讯无果只会增加嫌疑人的信心，会让他从最初看见警察就心惊胆战，慢慢变成毫无感觉，最后发展到心平气和的状态，这时候就更难找到他的破绽了。

要先找到证据，有了将对方一击毙命的把握才能再次传讯。

关键是到目前为止这起事件尚不构成案件，死者是跳崖自杀，身上也没发现他杀的迹象。立案需要证据，必须能证明存在犯罪行为才能立案。

正在这时，我的电话响了，拿起来一看是麦sir打来的，顿时有些激动。往往在这种我们最需要线索，而又没法靠传统侦查手段突破的关键时刻，麦sir就会出现。

麦sir先哈哈一笑，然后问我："你们那边查得怎么样了？有什么消息吗？"

听到他的笑声我心里就有底了。以他的习惯，如果发现了新线索，肯定会先问我这边的进展；反之如果他先说，那么情况就不太好。

我回答："我这边什么都没查出来呀。"

麦sir这才接着说："那个丁莉莉有问题！"

我问："有什么问题？"

麦sir说："这个女的一直在做网络主播，我在网上把与她有关的信息筛选出来了，发现她之前有个直播账号被封了。我联系社交媒体公司，得知这个账号是一个叫吴昊的人注册的，主要进行户外运动直播，但里面发布的内容大部分丁莉莉也出镜了。吴昊应该就是丁莉莉之前的搭档。他们账号被封的理由是直播中有不良内容。"

我问:"什么不良内容?"

麦sir说:"他们在一次户外登山直播时发现了一具尸体,然后两人报了警。本来这是件很正常的事情,可发现尸体导致这期直播的观看量激增,获得的关注度比以往一年所有节目加起来都多,甚至一度登上了社交媒体热搜榜首位。随后在另一期直播节目中,丁莉莉又发现了一具尸体。结果这次尸体是为了提高节目表演效果由吴昊假扮的。当地公安到现场后将他俩带回派出所进行批评教育,并对吴昊做出了治安行政处罚,随后媒体公司因为这件事将他俩的账号封了。"

虽然我们每个月都会接到好几起这类警情,每年在山林湖海中发现的自杀者数量也不少,可分散到这座城市中就毫无踪迹可循了。很多尸体被发现时已经死亡很久,有的只剩下一堆枯骨,不知道经历了多少年的风吹雨淋,才被一个偶然经过的登山者发现。

为了查实这件事我们特意去青岛找到吴昊了解情况。结果吴昊所说的与麦sir查到的信息基本一致。他是一名业余登山爱好者,与丁莉莉是在登山活动中认识的。那时吴昊就已经在做网络直播节目了,但热度一直不温不火。丁莉莉发现后主动加入,和吴昊组成搭档。

很多主播身边都有一个团队,但团队的人不出镜,只有主播自己单人出镜,拍摄起来限制也比较多。双人直播有个好处就是镜头感强,两人都可以出镜,一个人负责拍摄,另一个人负责讲解,来回交替拍摄。

两个人合作直播热度一般,但粉丝量一直在上升,用吴昊的话说,照这个趋势只要踏踏实实做直播,两三年后也会有固定的粉丝群体。但在直播发现尸体后,丁莉莉觉得户外运动只是一个媒介,在户外发现尸体遇到怪事,有了话题才能火,踏踏实实做节目没有出路。

丁莉莉想靠复制发现尸体的经历再爆火一次,但想在茫茫山野中找到一具自杀的尸体比大海捞针还难，于是她鼓动吴昊去扮演一具尸体。他俩原计划是不报警，把节目做完就可以了，但是看直播的网友中有人替他俩报了警。

最后已突破十万粉丝的账号被封，即将到手的财富化为乌有，为此两人大吵一架后分道扬镳了。

这下事实清楚了，丁莉莉有明确的动机。再回到这件事上来，王浩宇从一个做海鲜生意的人摇身一变成了户外主播，很可能是丁莉莉带他上道的，探险直播发现尸体来获得关注也应该是她想出来的，这样我们就有了基本的询问方向。

丁莉莉是主谋，她有经验，也有准备，所以我们的主攻方向是王浩宇，把他的心理防线突破了，一切就都好办了。

我们再一次把两个人找来，这次他们的反应与之前明显不同，王浩宇的态度不再是唯唯诺诺，而丁莉莉则表现得更镇定了。我们依旧把他俩分开询问，不过这次没再问关于防空洞的事，话题一转开始问第一次直播的事。

他俩没想到会是这样，丁莉莉的反应还算平静，但王浩宇明显开始慌乱。他把第一次直播的过程复述了一遍，在我听起来他就像是在背诵课文，仿佛稿子都是提前准备好的。

轮到狐狸上场了，他先问："你们第一次直播为什么时间这么短？"

"因为是第一次，经验不足，所以时间短。"

"是不是看见什么东西了？"

王浩宇听见后身体明显颤了下，默默地说："没有。"

"你们这行我最清楚了，虽然是直播，但里面不少内容都是提前准备好的。直播录像我看了，怎么准备好的东西一点也没用上啊？"

"没……没准备什么。"

"丁莉莉可不是这么说的啊，你俩来之前没对好台词吗？她可是承认提前做准备了。"

"准备？我不知道啊？"

"你怎么会不知道？你现在心里一清二楚，就差写在脸上了，做了什么准备你不知道吗？"

"我……我不知道。"

王浩宇回答时表现得越心虚，就越让我们坚定想法，跳崖自杀的女孩的尸体肯定与他们有关。我们在死者跳崖的地点做了现场还原，找了一个重量约为死者体重三分之一的物体扔下去，确定落地点应该在海崖下方的小树林附近。

根据死者男友的描述，她当时站在崖边打电话要寻死，迎面就是呼呼的海风，加上传来一阵阵浪潮声，估计她以为那下面就是大海，死者跳下去后应该是落在那块沾有血迹的石头附近，距离大海还有一段距离。

可死者身上为什么会有海水的痕迹？又为什么会出现在防空洞？这些事，我们已基本断定王浩宇心里是清楚的。

狐狸全是反问句，句句指向王浩宇的弱点。审讯有很多种方法，在掌握证据时我们可以围绕证据设置陷阱，等待嫌疑人自投罗网；在掌握人证时我们可以根据当时的情况还原现场，等待嫌疑人露出破绽。像这种我们没有确凿的证据的情况，只能用防守反击的方法，让他自己去圆谎，一个人想圆一个谎就得撒更多的谎，如此叠加起来早晚有露馅的时候，那就是他的死穴。

王浩宇的心理防线不断崩溃，最后承认在第一次直播时，丁莉莉准备了一罐子鸡血，提前将血涂在手掌上，然后按到树上，计划在直播的时候"发现"这一幕以制造恐怖气氛。

这是她与王浩宇提前说好的，两个人到滨海路后丁莉莉先去布置，过了挺长时间才回来，接下来两个人开始直播。可王浩宇并没有在树上发现血手印，他还觉得奇怪。这时丁莉莉给他发暗号让他关直播。

直播节目里提前布置的场景有可能会穿帮，所以两个人约定好暗号，一旦发现穿帮就关直播。然后丁莉莉告诉王浩宇她看到下面的石滩上有人。当时大半夜黑漆漆的，他们拿着射灯也只能照亮前面一小块地方，两个人距离海边礁石还有一段距离，丁莉莉是怎么发现的？

海崖是一个斜坡，除了他俩走的这段路稍微平缓，上下路段几乎都是七十度的陡坡，王浩宇找了一处豁口扶着慢慢下到礁石上。按照丁莉莉的指引他这才看到在两块礁石间卡着一个人。王浩宇费了九牛二虎之力才把这个人拖出来，丁莉莉在上面接着，他在下面托着，终于把人挪到小路上。

一摸气息发现人已经死了。王浩宇要报警，但丁莉莉不让，她说这具尸体可以帮他们赚到钱，还说自己有个朋友因为在直播时发现尸体一下子受到几十万人的关注，一飞冲天，她打算如法炮制，回头再把尸体厚葬。

后面就跟我们预想的一样，俩人选了防空洞作为"发现"尸体的地点，将尸体偷着搬了进去。但尸体为什么会出现在礁石中间？恐怕只有丁莉莉能说清楚。我们把询问录像拿给丁莉莉看。见王浩宇交代了丁莉莉知道瞒不过去了，只得低头认罪说实话。

丁莉莉在往树干上盖血手掌印的时候看到有人跳崖，就落在她身前不远处。但丁莉莉第一时间想到的竟然不是救人，而是今晚直播肯定能大火。眼前落下来一具尸体相当于掉下来一个钱袋，而她之前涂在树上的血手印反而成了累赘，一旦被拍到还容易变成麻烦，于是她又把这些手印刮掉了。

就在她刮手印时，躺在地上的人突然站了起来。原来这名女子跳下来没摔死，只是摔伤了。求生的本能让她爬起来呼喊救命，可是海浪声太大，除了眼前的丁莉莉谁也听不见。看到本以为会死的人站起来，丁莉莉吓了一跳，急忙往后跑。这名女子一边喊救命一边跌跌撞撞地往前走，一下子失足又摔进了海里。

看着人掉下去后丁莉莉想了半天，最终她决定不救人，返回去与王浩宇继续开直播。

直播的时候丁莉莉一直在思考该怎么办，最终成名的欲望战胜了理智，她决定利用这具尸体来赚流量。正常情况下，海浪会把尸体冲走，但死者掉落时正好卡在两块礁石中间，这反而将她的尸体固定在那里。

这就解释了为什么死者跳崖落在土路上，结果尸体却被王浩宇从海里捞上来。

最终王浩宇与丁莉莉因侮辱尸体罪被判处有期徒刑，他俩的社交账号也被封。不过我心里一直有个疑问，死者最后是溺水而亡的，那她究竟是自己失足落入海里还是被人推下去的呢？可惜事实已经无法查清，当她选择跳崖时就注定以悲剧收场。

011

三分钟被骗 120 万元，连视频聊天也能换脸造假

我们几个认真仔细地把这段 AI 换脸视频看了好几遍。单纯从视频本身找不出任何破绽，人脸与背景没有割裂感，只是表情和动作略显僵硬。视频中人脸边缘有细微的变形，背景图像会出现一阵阵弯曲，面部器官偶尔会扭曲，但都是一晃而过，可以说这是一次几近完美的 AI 换脸。

十多年的公安刑侦经历让我们在遇到案件时，脑海中会快速出现各种侦查方法，但没有一个能应付得了这起案件。

犯罪分子把网络当成了庇护所，想利用复杂的互联网来隐匿犯罪行为。现在我们有了专案组，相当于把这道屏障撕开了一道口子，藏在其中的罪犯纷纷落网。

可我还有一个心结没解开，电脑杀人案的幕后主犯陈生等人还逍遥法外。

我与麦sir喝酒闲聊，他带着微醺问："你说那伙人能藏在哪？泰国还是缅甸？难道他们这辈子就不打算回来了吗？"

每当被问到这个问题时，我总是无言以对。这起案件剩下的嫌疑人都在境外，我也不知道什么时候能抓住他们。

"也许是明天，也许是明年。"

"也许是到我们退休那一天呢？唉，我可不想在警察生涯中留下遗憾。"

"没有一个人的人生是完美的，警察也一样。现在还没破的案件一大把，没抓住的嫌疑人也还有好几个呢。"

我俩举杯轻碰，一饮而尽，从学生时代至今二十年的交情不需要太多的言语，一个眼神就能明白对方的意思，一切尽在不言中。

第二天一早我被电话吵醒，感觉整个人在宿醉后昏沉沉的。电话是赵大打来的，再仔细一看，这已经是他打的第三通电话了。一定是有急事，我赶紧接通电话。

赵大洪亮的嗓音顿时传出来:"这都几点了!还没起床吗?"

这时我才渐渐回过神,想了想说:"今天不是周日吗?"

"别管什么周日了,出大事了,你赶紧来单位。"

"又发生命案了?"

"命案我敢保必破,现在可比命案麻烦多了,有人被骗了一百二十多万元。"

这几年局里喊出命案全破的口号,截至目前已连续两年完成了全破目标,全局上下对侦破命案信心十足。不过我现在身在网络犯罪专案组,如果发生命案也轮不到我上了。我问:"难道又是网络犯罪?"

赵大说:"对,现在网络犯罪手段越来越厉害,都玩出花样来了,要是对着我用搞不好我都得上当受骗。"

我问:"到底是怎么回事?"

"你别在电话里废话了,快来快来!"

我脸都没洗急匆匆地赶到单位,一进门就看到办公室里坐着一名三十多岁的女性,哭得双眼通红,旁边的是一位五十多岁的男性,长得挺精神,但双手紧握,一脸愁容。

见我来了赵大说:"我向你们介绍一下,这是我们网络犯罪专案组的刘组长。你们放心,我们肯定会全力以赴侦办。"

接着赵大对我说:"这是咱们区荣光科技公司的负责人汪总。昨天他们公司有一笔捐助款项被骗走了,金额是一百二十万元。"

这家公司是做建材用涂料的,属于知名企业,每年都会为市里的慈善事业捐赠不少钱,最多的一次是捐了三百多万元用于购买农村学校的教学用品,还被电视台报道过。

赵大继续说:"这次被骗的一百二十万元本来是要捐赠给福利院进行装修

的，捐赠仪式定在下周举行，按照计划这周公司就会把这笔钱打到福利院的账户上。结果昨天会计接到汪总的视频电话，汪总让她把钱汇到另外一个账户……"

这时汪总在一旁打断说："赵队长请等等，不是我打的视频电话，是骗子打的。"

赵大说："对，是骗子打的视频电话，但视频里的人是汪总，会计也没想那么多，按照要求把钱汇过去了。"

汪总这时又补充说："如果是一般的对公汇款起码还可以核对收款方的单位名称，但这次是捐赠给福利院，福利院属于非营利性单位，没有固定的对公账户，所以我们的会计也没发现这个问题。"

这类福利单位是公办的，财政款项由市政府统一拨发，上级管理单位属于民政局，而政府不能接收个人和企业的捐赠，所以这类捐助一般都会存入个人账户中。

我听明白了一半，受骗过程与其他的案件大同小异，但这个视频电话让我困惑不解。

汪总说："我不知道骗子用了什么方法，在电话视频里出现的是我的脸，会计看到是我本人自然就相信了。"

我把目光转向一旁的会计，她抹了抹眼泪说视频里的人就是汪总，连说话声音都一样，所以她没想那么多，按照要求直接把钱汇过去了。

这次的案件有点棘手，首先性质恶劣，其次诈骗手法特殊。之前骗子都是打电话或发微信给受害人，顶多发几段语音，视频通话是大多数群众防骗的最后手段，一个视频电话打过去，是真是假就一清二楚了。可这次骗子用的就是视频电话，把防骗的手段变成了诈骗的套路，这下可麻烦了。

正说着麦 sir 也到了，听完案情后他反复询问会计接到的是不是实时视频通话，在得到确认后也愣了半天。麦 sir 寻思半天说了句骗子挺厉害。我问他看出了什么端倪，麦 sir 说现在新兴的 AI 视频换脸技术，可以把视频中人物的脸替换成指定的人脸，达到以假乱真的效果，乍一看很难分辨。但据他了解这种技术只是适用于在录制好的视频中进行 AI 换脸，视频本身的内容是固定不变的，像这次一样在实时视频通话中出现人脸替换的情况他也是第一次听说。

我问麦 sir："实时视频通话与录制好的有什么区别吗？"

麦 sir 回答："AI 换脸技术须具备几个关键条件。一是面部捕捉。人脸的素材越多效果越好，一张照片也可以用于替换，但一眼看去就能发现是假的，相当于在视频上贴了一层图，想要达到真假难辨的效果起码需要二三十张各种角度的正脸照片。"

汪总说："我经常出席一些活动，在网络上能搜到现场照片和录像，想找到素材很容易。"

麦 sir 又说："二是换脸算法。这个最重要，不同的软件使用的算法不同，高级的软件你花钱都不一定能买得到。其次在输出面部图形时需要计算机拥有强大的处理能力，做一个换脸的视频也许一台配备了顶级显卡的电脑就能完成，但想要在实时视频通话中换脸对电脑性能的要求要高好几倍，光这些资源就不是一般的骗子能具备的。"

赵大在一旁说："砸钱买呗，不就是几台电脑吗？他们这次骗了一百多万元，都够开一个网吧了。"

麦 sir 继续说："三是网络延迟。咱们有时候打视频电话会有卡顿，现在同时进行 AI 换脸操作，延迟的时间更长，要想流畅地进行对话，一般的家用网络是无法实现的。以上三个条件任意一个都能难倒一大批人，这个骗子想作案就必须同时具备以上三个条件，我觉得不太可能。"

赵大说:"现在人家已经被骗了!钱都被转走了,事实就在眼前,还有什么不可能的?"

麦sir说:"我的意思是这不是一个骗子能做的事,也不是一伙骗子能做的,这里面必须有人提供网络技术支持。"

赵大说:"我当然知道,所以把你们喊来了。现在这件事市里都知道了,影响很大!必须尽快侦破,在侦办过程中有什么需要尽管和我提,我帮你们解决!"

赵大能这么说,可以想见他也清楚这起案件没那么好破,一直以来网络诈骗案几乎集合了所有不利于侦查的因素,如难度大、成本高、证据不易搜集等等。

万事开头难,办案也一样,我和麦sir立刻着手侦查,先从询问会计开始。

会计说她当时接到了骗子的视频通话邀请,骗子是她的微信好友,可会计想不起来自己是什么时候加上骗子微信的。会计将手机交给我们,骗子已经将会计拉黑了,我们看不到骗子微信号的状态,但能看到骗子的头像与汪总一模一样。

我问汪总:"你的微信头像是哪来的?"

汪总回答:"我在网上随便找的风景照。"

麦sir说:"盗用头像不是难事,只要知道汪总的微信号,骗子不需要和汪总成为好友也能把头像图片复制下来。"

汪总补充说:"加我微信的人很多,我朋友圈也是设置为所有人可见。"

麦sir用图片编辑软件把汪总的微信头像图片放大,与骗子使用的头像透明叠加,这样更容易看出区别来。结果两张图片完全重合,说明骗子用的就是同一张图片。我们猜这张图片也许是从汪总的微信头像下载的,接着麦sir继续对汪总的通讯录检索了一遍但没有发现骗子，说明骗子与汪总没有什么关联，这次破案的突破口还是在会计身上。

在我的反复询问下，会计绞尽脑汁地回忆，还是对骗子的微信号一点印象都没有。加微信的方式只有通过手机号码和微信号、朋友推送的名片、扫描二维码这几种，会计的微信还设置了好友验证，所有申请都需要她亲自查看，最后成为好友的都是认识的人，或者至少是有业务往来的人。

见我俩分析得越来越离谱，赵大显得越来越着急，问："难道骗子还能凭空变成她的微信好友吗？"

麦 sir 想了想，回答说："你倒是提醒了我，这种操作也不是不可能。"

说完麦 sir 拿出笔记本电脑，将会计的手机接在电脑上，然后对手机的软件进行检索。这部手机里的软件并不多，但检索出来的隐藏文件多达上千个，电脑屏幕中一排排的各类文件不停地刷新，列表越来越长。突然电脑发出叮的一声，接着检索进程中止了，屏幕显示最新搜索出的程序文件后面出现了一个红色感叹号。

麦 sir 指着这个文件说："你的手机被人植入木马了。"

会计大吃一惊，解释说："不可能呀！手机一直在我手里，怎么会被人植入木马？我用的软件也都是从应用市场下载的。"

麦 sir 问："这个木马程序是藏在 excel 文件中的，它从来不读取用户信息，唯一的功能是可以通过验证，相当于帮你点击同意。你仔细回忆一下，你的手机是不是接收过 excel 文件？"

会计想了想回答道："对，我们经常会收发各类表单，我想起来了，我在收发这些表单的时候都使用电脑登录微信，然后用微信接发，会不会是因为这个……"

麦 sir 听到这一拍手，说："这就对了。应用市场中的软件肯定没问题，就是因为你用手机传输了其他文件才中了这个木马，而这个木马病毒没有明显危害性，它本身只有一个点击同意的功能，所以手机防护对它没有反应。"

赵大在一旁说："照你这么说，是她手机自动同意对方的好友申请的？"

麦 sir 回答："骗子没留下一点痕迹，光一部手机还不够，他们公司的电脑估计也被入侵了。"

我俩来到荣光科技公司。打开会计的电脑后麦 sir 插上 U 盘，结果在电脑中扫描出了一堆病毒，各式各样的共有十几种，有的藏在 excel 文件中，有的混在 exe 程序里。五花八门，麦 sir 看了不禁摇头。

麦 sir 问："你的电脑里怎么有这么多病毒？电脑的杀毒软件呢？"

会计说："前不久我在办税的时候电脑提示我需要关闭杀毒软件，当时我着急报税就关了。"

麦 sir 说："报税系统怎么会让你这么做！那个弹窗是假的，骗你把杀毒软件关闭后这些非法程序就能入侵电脑了。这是什么时候的事？"

会计说："就在一个星期前。"

麦 sir 检查了一下会计电脑中的软件，发现有向日葵远程操控系统。麦 sir 问："你电脑里怎么还有这东西？"

会计说："有时周末需要用电脑走账，我用它可以直接在家里操作。"

我俩听了哭笑不得。向日葵是一个远程操控软件，只要办公室的电脑处于开机状态，在远程端输入一个验证码就能直接控制操作会计的电脑，这相当于替骗子下载了一个控制系统。电脑里本来就被骗子植入了木马病毒，各类信息包括验证码骗子都能拿到，这样骗子很轻松就能完成加好友的操作。

整个过程应该是会计用电脑登录过微信，骗子操控电脑加自己为好友。

我问麦sir："能追查出这些病毒的来历吗？"

麦sir摇摇头说："不能，都是一些很常见的病毒。如果不是会计主动关闭了杀毒软件，这些东西不可能留存在电脑中。"

骗子盯上的是这笔捐款。我查了一下，关于给福利院募捐的事网上早有报道，报道中写明了参与捐助的公司和个人，荣光科技公司排在最前面，虽然新闻中没写具体捐助金额但透露了金额不低。

会计习惯用电脑登录微信，平日里与汪总的聊天信息也被骗子悉数掌握，骗子对她进行诈骗可谓是占尽天时地利，再加上使用了AI换脸技术，除非接视频电话的是汪总本人，不然换谁都得上当。

现在网络诈骗案层出不穷，已经超过故意伤害案成为发案占比最高的刑事案件了，各地的公安机关都成立了专门的反电诈宣传部门，通过各种平台和渠道向群众宣传反诈知识。但就是在这种铺天盖地的宣传下，北连市仍然每天都会有人被骗，损失金额少则几万元多则几十万元。

赵大此时似乎已有了打算，他说："你们先查一下这个月全市的发案记录，看看有没有能串并的案件。按照麦sir的说法，这伙人花这么大成本进行诈骗，受骗的恐怕不止一家。"

串案并案是传统侦查手段。早些年社会治安较乱，年终岁尾盗窃抢劫案会增多，这时我们会寻找有相似之处的同类案件，将它们合并到一起侦办，这样有助于从案件的共同点中找到侦查的线索。

我立刻前往市局指挥中心，将这一年来全市发生的网络电信诈骗案件的档案都调取出来，一份份地翻看。

AI换脸技术成本不菲，一般的诈骗如果用这个技术，收到的钱都不够覆盖成本费用。这一年来全市的诈骗案件不少，但案情简要中提到使用AI换脸技术的并不多，从年初到现在一共有三起。

一起发生在西山区。张某在上班时接到外地亲戚的视频通话，亲戚声称有急事要借钱，开口要二十万元。由于张某手头没有那么多钱，所以只向亲戚提供的银行卡账户汇了八万元，事后发现被骗。

另一起发生在城南区。刘某在家中接到在外地上学的儿子打的视频通话，儿子说要向学校交一笔费用，一共是五万元。刘某没有任何怀疑，将钱汇到儿子提供的学校账户中，事后发现被骗。

最后一起发生在甘北区。宋某接到外地生活的父亲的视频通话，父亲说身体不适要住院调养，需要支付押金十万元，要求宋某将钱直接转到医院的账户上。宋某发现账户的户名是个人，觉得不对劲，再给父亲打过去后发现无法接通，此时他担心父亲的安危便先把钱汇过去了，结果发现被骗。

我把这三起案件的记录拿了回来，诈骗手法与我们接手的这起一模一样，可诈骗的金额要比荣光科技公司损失的小很多。我们分析了一下，AI换脸视频的诈骗成功率很高，打通视频电话后受害人几乎都没有觉察被骗，但需要很多必要条件。比如此前发生的这三起案件，它们都有共同点。

首先是骗子伪装的人都在外地。虽然与被害人很熟，但双方在一定时间内肯定没有交流，这才能让骗子更容易编造骗钱的话术。

其次骗子必须掌握足够的信息。骗子要对被害人的个人情况很了解，而且要知道扮演的人有什么特点，找到合适的聊天切入口和骗钱借口，这样才不会露馅。

最后骗子必须收集到足够的伪装素材。他们得有足够的照片来使用AI技术完成换脸过程，还得找到合适的机会提前加上微信好友，换好头像。

综合这三点，骗子能实施诈骗的目标范围一下子就缩小了。在符合这类条件的人中，能找到合适的借口一下子骗到巨额钱款的就更少了。

第一起案件中骗子扮成亲戚想骗二十万元，但被害人手里没那么多钱。第二起案件骗子利用学生这个身份就没法去要大额钱款。第三起医药费这个理由就更难了，医院的住院押金都有支付限额，十万元算是顶格了。骗子靠的是拿捏住了受害人担心父亲的心态，不然受害人只要打个电话问一下医院就将骗术揭破了。

虽然找到这三起案件进行串并，可想深入调查还需要更多信息。我们找到三名被害人，一个个询问案发情况，没想到被害人刘某留存了一段视频。一问才知他觉得学校要求交费这件事比较突然，担心是儿子编造的，于是特意用手机录下来，如果将来发现是他儿子撒谎就拿这段视频给他个教训。

没想到歪打正着，我们拿到了诈骗的影像。

这段视频时间不长，只有二十几秒。刘某开启录屏前已经与儿子聊了一会。我们几个认真仔细地把这段 AI 换脸视频看了好几遍。

单纯从视频本身找不出任何破绽，人脸与背景没有割裂感，只是表情和动作略显僵硬。可这是因为我们知道视频是合成的，特意仔细观察才发现的，而被害人当时是不知道的，加上视频通话时常有延迟和图像模糊，出现这种情况也很正常，一切看起来很自然。

视频中人脸边缘有细微的变形，背景图像会出现一阵阵弯曲，面部器官偶尔会扭曲，但都是一晃而过，可以说这是一次几近完美的 AI 换脸。

想识别这种换脸并不难，可以在视频通话时提出让对方用手摸下耳朵，或者捏下鼻子。在目前 AI 的算力下虽然能按照要求做出动作但会出现各种穿模，也就是两个物体相互穿透或者叠加在一起，类似于画面穿帮，比如手指变少一根，鼻孔突然变大等。这些都能让人发现视频是假的，可惜当时荣光科技公司的会计没想那么多。

十多年的公安刑侦经历让我们在遇到案件时，脑海中会快速出现各种侦查方法、摸排、蹲坑、走访、研判、监控、巡查、布控这些名词会不断地涌出来，但没有一个能应付得了这起案件。

会议室里几个人眉头紧锁，麦 sir 出声提议："这事咱们弄不了，找外援吧！"

太阳开始西沉时一个熟悉的身影出现在我们面前，正是麦 sir 喊来的专业人士——隆哥。

看到他时我还有点惊讶，隆哥在武汉工作，怎么这么快就过来了？隆哥说他正好在奉城跑业务，为公司推销一套信息辅助侦查系统，接到电话后立刻坐高铁赶了过来。

隆哥把这段视频看了好几遍，提出破案关键就在于这段视频，万幸被害人保存了一段，不然他一时半会儿也摸不着突破口。

见我们对 AI 换脸一窍不通，隆哥向我们介绍："AI 换脸是一种新技术，现在很多软件都有这种功能，但要达到在视频通话中实时换脸而且以假乱真的程度，市面上没有一款软件符合要求。能做到这种效果的，都是由高水平技术团队制作的专业软件，一般是供给特定客户，在市面上根本买不到。"

隆哥与公安配合多年，几句话就能把关键东西讲出来，让我们一听就懂。我们的目标是诈骗分子，但他们隐藏在幕后，想把他们找出来得先找到 AI 换脸软件的制作者。

赵大立刻问："这种技术团队多吗？"

隆哥回答："现在 AI 技术应用广泛，也会用于制作视频和电影，做这行的人越来越多，但能做到实时换脸这种程度的工作室可不多。"

这时隆哥的人脉起到了关键作用。我们从一个被害人那里拿到了二十多份他儿子的照片素材，交给隆哥。隆哥联系到自己的朋友许东，此人是一个专门做 AI 视频的工作室的负责人，隆哥找他帮忙联系不同的工作室用这些素材做一个五秒的换脸视频。

时长五秒的视频成本不高,加上许东人脉广泛,我们很快便收到二十多份视频源文件,接着隆哥开始将这些源文件与被害人提供的视频进行对比。

隆哥一边看一边截图,然后进行对比分析,同时与我们聊天。隆哥告诉我们:"这些视频看起来差不多,但不同的软件做出来的换脸影像其实都不一样,AI 换脸的原理是捕捉素材中的面部特征和表情,然后重新进行人脸建模合成。每款 AI 软件捕捉的位置和数量都不一样,有的是二十几处,有的多达六十多处。建模合成比较复杂,咱们不用考虑,只从捕捉点就能分析出这段视频是靠哪一款软件合成的。"

我站在后面看了一会,分析操作很枯燥,截图、点击放大、重合对比,不停地重复几次甚至十几次。我越看越困,可隆哥却一直很精神,坐在电脑前眼睛瞪得溜圆,保持这个姿势到半夜。他喊醒我的时候我已经躺在沙发上不知睡了多久。

一听隆哥靠图像比对找到了骗子使用的 AI 合成软件,赵大穿着裤衩就从楼下办公室跑上来,进门就问:"找到工作室了?他们人在哪?"

隆哥见状急忙说:"先别着急抓人。"

赵大答:"你看我像那么鲁莽的人吗?"

隆哥说:"这款软件是需要注册使用的,咱们有视频源,拿着立案决定书就可以让软件公司协助调查。"

我问:"能直接把做视频的人找出来?"

隆哥回答:"这倒不能。这种软件是靠密钥限制使用权的,拿到密钥的人才能用,咱们只能查到密钥在哪被使用过,也就是能发现对方的位置。"

赵大终于露出了久违的笑容,说:"这就足够了。"

说完隆哥便开始联系软件公司。我一看已经后半夜了,隆哥说搞这行的都是夜猫子，这个点没有睡觉的，白天联系反而不容易。我立刻将手续准备好，将立案决定书、受案登记本、协查函等一套手续文件发送过去，对方很快便回应，一听说有用户利用 AI 换脸软件实施违法犯罪行为，公司立刻通过后台查找软件日志，根据案发时间和视频源的识别特征锁定软件使用记录，接着确定了制作视频时使用的密钥信息，最终查到这个密钥权限属于一家名叫晨曦的数据图像工作室，密钥登录地点在武汉。

赵大兴奋得使劲拍了下桌子，说："走，吃饭去，明早咱们就出发去武汉！"

我也有些兴奋，说："快天亮了，现在这顿就可以当早饭了。"

与我们这一片欢声笑语的气氛不同，接到软件公司的答复后隆哥一直很严肃，坐在电脑前浏览通信软件的联络人页面，将鼠标落在一个用户头像上之后陷入沉思。

麦 sir 看出隆哥不对劲，推了他一下问怎么了，见他没反应又推了一下。隆哥这才抬头一脸严肃地说道："赵大队，关于这起案件我有个想法。"

赵大正高兴，回应道："你有什么要求尽管提。"

隆哥说："你们遇到的这起案件绝不是个案。这个工作室我略有了解，它的实力很强，如果它与犯罪分子同流合污，恐怕到现在为止诈骗的金额要远超我们的想象。"

一听这话我们立刻反应过来，贸然冲过去将工作室端掉会顾此失彼，这事得从长计议。赵大正色问道："那你有什么想法？"

隆哥说："我认识晨曦工作室的人，我想先找他侧面了解下情况，看看能不能摸出点线索，等咱们手里有证据了再动手。"

隆哥与这些朋友有特殊的联系渠道，我曾在他的电脑上看到过一个软件，这个软件的界面很简陋，让我仿佛回到二十年前网吧刚盛行的那个年代。隆哥告诉我这是个纯通信工具，没有任何附带功能，服务器也不储存信息，发送过去的信息只要接收人点开查看后就会被自动删除。

我说:"那这岂不是又给犯罪分子增加了一个通信方式?"

隆哥说:"这个软件都是干我们这一行的人在用,大家几乎都认识,想使用需要得到内部人士的邀请。"

就在我们聊天时,我看到软件通讯录里一个联系人的头像闪了一下,这就是隆哥所说的那位供职于晨曦工作室的朋友。这人叫徐毅,江苏南通人。

隆哥说徐毅其实是许东的弟弟,不过哥俩三观差距大,关系也不太好。哥哥许东技术强人老实,弟弟徐毅胆子大总想走偏门。当年徐毅用许东的技术把别人的服务器黑了,然后进行敲诈勒索,结果被许东举报后判了缓刑,因此导致哥俩分道扬镳。现在俩人虽然在一个行业但从不联系,时不时还能听到哥俩相互说对方的坏话。

隆哥与这哥俩相识十多年了,算是老朋友。徐毅与隆哥聊了起来,相互问了下近况,徐毅介绍说他在晨曦工作室干了很多年,现在已经混成了主管,没等隆哥问便主动说自己现在有个 AI 换脸业务需要人手,待遇不错,正愁招不到人。

隆哥问:"现在程序员遍地都是,公司待遇好的话,都抢着去,你怎么会招不到人?"

徐毅发了一个哭脸的表情,回答:"程序员有的是,但像咱们那个年代的人可不多了。"

隆哥说:"长江后浪推前浪,现在哪一个年轻技术员不比咱们强?"

徐毅说:"现在的年轻人不可靠。你在做什么工作呢?不如你来跟着我干得了。"

没聊几句对方便急着拉拢人,隆哥立刻顺势应承下来,说:"我恰好有个朋友刚从一家互联网公司离职,主要是做数据分析的。虽然对 AI 技术不太熟,但是学习能力很强。"

徐毅说:"做什么不重要,关键是人可不可靠。"

隆哥刚想回话,赵大在一旁按住他的手,让隆哥按照他说的打字:"兄弟我得对你实话实说,这个人不错,但有前科,以前犯过点小错误。"

徐毅问:"犯过什么错误?"

赵大在一旁出谋划策说:"私下里把公司的数据卖掉了。"

徐毅回了一个笑脸的表情,接着回答道:"凭咱俩的关系这都不是问题,你让他来找我吧。"

看来这种有前科的人正合徐毅的胃口。不用和我们商量,赵大心中自然早已定好了人选。他对我说:"你做一份假的取保候审决定书,再找户籍办做一个假的临时身份证,给小麦换个身份!让他去卧底!"

012

一天诈骗上百人，缅北团伙人手一本"实操手册"

有一名匿名客户联系到徐毅要求做一份 AI 换脸视频。这人提供了一张照片，徐毅看过后答复，仅凭一张照片做不出视频，必须有更多素材才行。麦 sir 找机会将这张照片发给了我们。

第一眼看到这张照片时，我热血翻涌，感觉自己的血压都升高了，照片里的人是之前电脑杀人案的受害者之一高洋。有人找到徐毅让他做高洋的 AI 换脸视频。

麦sir在机场特意用假身份登机，为此局里还提前出面协调。我们一起到机场为麦sir送别，同时也是护送他登机。

麦sir是以程序员的身份应聘的，对方也是一家正规的网络技术服务公司，因此这次卧底工作危险系数低，只要做好自己的工作，同时找机会搜集信息和线索就可以了。为了确保安全，赵大还派人前去接应，三天后我和狐狸也前往武汉，随时与麦sir保持联系，以防万一。

麦sir毕业后先是分配去负责犯罪现场勘验，后来调去网警大队，一直以来都是从事技术工作，卧底侦查这样的事从来没接触过，这次让他当卧底他还挺兴奋。

他现在是撕开案件突破口的关键。

飞机落地，徐毅亲自接机。麦sir跟我们说这人和照片差距挺大，个子不高，身材臃肿，远远望去身体几乎是个圆形，走起路来都得挺着肚子。

路上徐毅问了麦sir几个问题，都在预料之内，麦sir对答如流。徐毅还特别问了关于前科的事，麦sir按照之前编好的故事，讲述了一遍。徐毅边开车边听还不时点头，对麦sir出卖信息的手段赞不绝口。

晨曦工作室位于光谷，有二十多个员工，管理层一共有三个人，老板叫陈涛，人不在公司，下面有两个分管负责人。徐毅是其中一个，主要负责管理公司的日常运营和电脑技术业务；还有一个人负责市场销售，主要是联络客户洽谈合同。

公司里从事电脑技术业务的程序员有十一个人，分成三组，与麦sir同组的两人一个叫张江，一个叫邹博。

来之前徐毅已经通过隆哥对麦sir的技术水平有了大致的了解，到了公司后立刻就给麦sir安排了工作。

麦sir心里很清楚，虽然他在公安系统是专搞网络安全技术的，对编程也有一定的了解，但如果与社会职场中的程序员群体相比，自己的水平不值得一提，和编程高手差距万里。不过这次徐毅选人的要求是可靠第一，技术水平倒是其次，有隆哥的保证徐毅对麦sir的技术水平也不挑剔了，尤其是有前科还成了一个加分项。

徐毅想找的不是一个程序员，而是一个可靠的违法犯罪人员。

麦sir工作了三天后徐毅专门请他吃了顿饭，在饭桌上徐毅提出要赚大钱的想法，麦sir自然顺水推舟表示很有兴趣。徐毅告诉麦sir想赚大钱很容易，只要听他的，跟着他干就行。

一起吃饭的还有张江和邹博，这两个人也是徐毅的心腹。这顿饭就是投名状，麦sir吃完饭算是正式入伙了。没有歃血为盟，也没有指天发誓，只要入局大家就是绑在一根绳上的蚂蚱。

我们预想中的意外都没有发生，很快徐毅便向麦sir交了底，他们赚钱的方式是利用公司的资源私下里接活，主要就是制作AI换脸视频。

AI换脸是一份耗费精力的工作，换脸视频主要是靠软件制作，可整个流程并不是全自动的，挑选素材录入，捕捉面部的选点，合成后与真人进行对比，这一切都需要人工操控决定。徐毅说现在业务量越来越大，仅靠张江和邹博没法应付，加上他们是偷偷盗用公司资源干活，想尽快完成订单拿到钱就只能增加人手。

虽然徐毅声称对麦sir交底了，可关键的内容一点也没透露。高价的AI技术软件是公司的，但使用的素材是哪里来的，制作好的视频源又交给谁，这些换脸视频被用来做什么，这些事徐毅一概未提。

麦sir把目标转向张江和邹博。这两个人也是为了钱，但没有徐毅那么谨慎。他们毫无法制观念，认为如果东窗事发被抓，顶多就是被治安拘留十五天，半个月后出来又是一条"好汉"。

麦sir卧底半个多月，吃了几顿饭就与张江和邹博成了哥们儿。三个人经常把酒言欢，无话不谈，几个回合下来这俩"兄弟"就把自己知道的事情和盘托出。

徐毅的客户叫阿生，根据俩人回忆，阿生来到武汉与徐毅吃了顿饭，提出要做AI换脸视频。徐毅表示在技术上可以完成，但制作费用不菲。阿生怕制作出来的视频赚不回成本，让徐毅先试试。

徐毅找到张江和邹博，许诺高薪让他们跟着自己干，可是俩人告诉麦sir说并没赚到所谓的大钱，阿生给了徐毅几笔钱，分到每人手里的不过一万块钱，比之前徐毅承诺的差太多。这段时间徐毅一直在给他俩打气，说阿生手里的是一个新项目，目前还是试运行阶段，等正式运营了就能赚大钱。但正式运营后工作量会变大，两个人忙不开，这才决定再招个人一起干活。

邹博说他曾在检查一个素材压缩包时，发现里面除了人像照片还有一份个人信息文档，上面记录了这个人的工作单位、家庭住址甚至是生活习惯。这份文件上还有一个水印，是一个繁体的飞字。

通过这些信息我们分析得出阿生手里有的不只是照片素材，每一份素材都应该关联着一份个人信息。这份信息是他们进行诈骗的话术根据。

这次案件涉及的技术手段广泛多样，犯罪团伙分工明确、各具专长、配合紧密，是多人合作犯罪。

阿生归属于诈骗团伙，他负责用AI换脸视频进行诈骗，徐毅负责制作AI

换脸视频源，我们推断应该还有一伙人专门提供制作视频所需的素材。三波力量合在一起，最终制造了一起又一起 AI 换脸诈骗案。

整个犯罪流程查得差不多了，现在唯独换脸素材的来源还是个谜。

时间过了半个月，这次阿生又传来了一大批素材，让徐毅按照要求制作 AI 换脸视频源文件。AI 换脸视频源与普通视频有区别，普通视频制作成功后，里面人物的动作表情无法改变，但视频源可以借助软件根据实际需要进行一些微调，比如让视频中的 AI 人脸笑一下这样的小动作，都可以用软件在视频源文件上进行修改。

赵大觉得不能再等了，决定借这次机会出击，但在行动前我们出现了分歧。

我主张先抓徐毅再找阿生，重点放在审讯上，但这样的话只有让徐毅招供才能继续侦办案件。黄哥认为这样做不行，在没有查清整个犯罪链条前不能妄动，一旦罪犯断尾求生的话，即使徐毅坦白我们也不一定来得及去抓阿生。

我们还没查清阿生的身份，这成了一个难点。

可现在时间紧迫，阿生传来了三份个人素材，意味着即将出现三名受害者。赵大思量一番，最后决定先不动徐毅，让麦 sir 继续卧底，工作重点调整为阻止受害人被骗，警察打击犯罪的最终目标就是维护人民群众生命和财产安全。

麦 sir 找机会将三个人的照片发给了我们，我们利用人脸识别很快核实了这三份素材相关的人员信息，一女两男，女的是小学老师，两名男子都在外地。

晨曦工作室的设备算力有限，做出三份 AI 换脸视频源需要两到三天的时间。虽然我们不知道他们打算用什么方式来诈骗，但找到潜在受害者后根据他们的实际情况应该能推断出骗子的意图。因此赵大安排三组人对这三个人展开工作。

女老师在北连市，是一所小学的班主任，姓张，我与同事在学校找到她。张老师看到自己的照片后很惊讶，她拿出自己的手机打开微信与我们一起查看，在她的朋友圈里没发现类似的照片。

照片是被剪裁过的，上面只有她自己，张老师一点点地回忆，想了半天也没想出照片的来历。我让她别光想，仔细看一看这些照片，从拍摄的角度和当时穿的衣服来回忆，这些照片是什么时候拍的。

张老师仔细回忆了这几年来的合影，过了好一会才犹豫不定地说这张照片像是前年评选优秀教师时拍的。

我问她："在哪能找到这张照片？"

她回答："在校友圈上。这是教委找软件公司设计的一个软件，全区的小学都可以在上面发布视频。"

说着她拿过手机打开校友圈开始翻找。我看了一下这个软件，功能简单，上传的主要就是学校照片。大多数是各个班级发布学生假期劳动和游玩的照片，再配上一些文字介绍，就像是微信的朋友圈一样，只不过覆盖范围仅限于全区各所小学。

我和她一起找到了照片！

我继续问："你们这个校友圈上的照片怎么会流传出去？"

张老师说："校友圈谁都能进，但加入的都是学校学生的家长。"

我仔细查看了一番张老师手机中的校友圈，这个软件做得很简单，不需要验证就能加入，而且用户可以随意更改昵称。用户的称呼都是某某妈妈或者爸爸，乍一看都是家长，但没法核实身份，有很多账号从来没发过照片，就在软件里静静地待着。

每个家长的账号下还标注了孩子的班级和姓名，更是为骗子提供了行骗信息。犯罪分子做的 AI 换脸视频是班主任老师的，针对的受骗群体很可能是学生家长。

我们挨个通知家长，这次的目标不单单是阻止诈骗，我们还想靠这次机会追踪到骗子的下落。

黄哥带人在外地找到了另一名三十多岁的男子，在他的手机里发现了一个隐藏很深的木马软件，它唯一的作用是会强制手机进入飞行模式。

狐狸带人找到最后一名中年男子，他姓翟，个人情况最复杂。他是一个私营企业的老板，有一个玩具厂，作为企业家，他经常参加各种活动，这些活动的照片都能在网上搜到。为了销售玩具他还专门找人设计上线了一个网站，这个网站上也有不少他的照片。经过对比很快就确定了素材来自这个网站。

这个私营企业老板的关系网络十分广泛，如果用他的素材做成AI换脸视频来找关系人行骗，很容易就能骗取大额钱财。翟总听完后心里很慌，提出要联系亲戚朋友提醒注意，可他认识的人太多了。

麦sir那边传来消息，这次AI换脸做了两个视频源和一段视频，视频源可以用软件进行更改，甚至可以直接覆盖人脸，将视频通话的人变成另一个。麦sir趁徐毅不注意将做好的那段视频发给了我们。

这段视频是伪装成张老师的AI换脸，在视频中她对家长说假期学校组织旅行研学，收费一万块钱。

黄哥找到的那位三十多岁的小伙子，在这时接到了在北连市居住的父亲打来的电话。经过核实后了解到事情原委，原来骗子伪装成小伙，给他父亲打视频通话借钱。

这两起诈骗都被我们化解了，只剩下狐狸那边一直没有消息。

翟总比我们还紧张，手机一直握在手里，生怕有人被骗。之前两起诈骗几乎是同时发生，正常来说冒充成翟总进行的诈骗也该实施了，可他这边一直没动静。

这次该轮到我们行动了。这群骗子习惯用植入木马的方式来获取信息，再进行诈骗，那么我们也依样画葫芦，以其人之道还治其人之身，用同样的方式把他们找出来。

考虑到对方也有电脑高手，寻常的木马软件根本藏不住，在隆哥的建议下我们选了一个大胆的方式，将追踪木马植入麦sir制作的AI换脸视频源中。

在我们等待消息的时候，麦sir告诉我们，他得知徐毅与诈骗团伙正在按照成功完成一起诈骗来结算报酬。

可是翟总身边的人并没有被诈骗的，成功的那起案件是怎么回事？为此我们进行了仔细调查，才发现一起有关翟总的报警记录，骗子竟然是利用招聘进行诈骗。他们以翟总的AI换脸视频来做网络面试，要求应聘人员交培训费。翟总名声在外，在视频中见到本人的应聘者都没想到会是一个骗局，都交了培训费等通知。我们大致调查了一下，发现被骗的至少有三四十人，每个人都交了几万块钱不等的费用。

三起AI换脸视频诈骗成功了一起，这一起受骗的人数最多，被骗的钱也最多，这个结果让我们的心情一下子跌落谷底。这一起诈骗案件造成的损失就超过了我们阻止的那两起案件预计涉案金额的总和。

我们要抓住这次结算报酬的机会通过资金链找到罪犯的踪迹，恰好徐毅还让麦sir帮忙收款。徐毅用了一个假账户，对方将钱打过来，他让麦sir去取钱。这个隐蔽的举动反而将徐毅暴露，我们通过账户信息查出了钱款来源。

钱是从境外账户汇过来的，我们查到这个账户的消费记录都在境外，账户使用人叫周辉。护照记录显示他曾多次离境往返，目的地都是仰光。

从账户的进账流水来看，这人就应该是诈骗团伙成员之一。

隆哥那里也传来好消息，通过追踪木马反馈来的信息，追踪到一台IP地址在国内的电脑，并将电脑IP范围限定在长沙的一个小区内。这几乎锁定了诈骗团伙的位置，我们非常兴奋。

赵大安排人赶过去，对小区进行摸排，确定了犯罪分子落脚的出租房，盯了一天后确定屋子里一共有三个人。这伙骗子同时对多名受害者进行诈骗，三个人肯定不够。我们分析了一下，骗子团伙应该有两部分人，主要成员都在境外，在国内据点的只是方便联络的技术人员和水房，为境外成员提供一些配套服务。

为了安全起见，隆哥设计的追踪木马没有自动读取功能，只是在AI视频制作软件被打开的时候才会跟着启动，这样就不会被杀毒软件发现。这也意味着追踪木马只能获取软件在制作视频源那段时间内的记录，骗子在用完视频源后木马也无法再提供更多的信息了。

但在这短短的时间内，木马还是帮我们挖掘出一个重要的信息。诈骗团伙除了徐毅外还有一个帮手，负责提供诈骗对象的个人信息，包括徐毅做AI换脸视频的素材，诈骗团伙称呼这个人为飞哥。

"原来是他。"隆哥一下子就认出这个人。飞哥也曾是绿色兵团中的一员，最擅长的是网络挖坟。

绿色兵团是国内早期的一个电脑黑客组织，其中不乏高手，后来这个组织出于种种原因解散了。兵团中不乏有人用电脑技术参与了犯罪活动。

确定了骗子在国内的据点，提供诈骗信息的人也摸出来了，赵大觉得条件已经成熟了。

这次抓捕需要在多个省份同时进行，因此必须提前协调沟通。几个省份一起抓人这阵仗可不小，赵大将案件情况上报给省厅，省厅再报到部里，由部里帮忙协调各省配合。

结果令人意外，部里发回给我们的，不是盖了印章的协查函，而是一份绝密电函。局里让赵大一个人去保密室拆阅。保密室是一间专用的小屋，里面配备有独立网络的电脑。我们都在门口等着，只见赵大出来时神色诡异，说不出是高兴还是惋惜，眼神闪烁不定。不知是喜是惊。

我们围上去问他部里的答复意见，赵大若有所思地点了点头，又摇了摇头，用手在嘴边比量了一下说："保密。"

赵大这个人非常随性，与我们没有距离感，我们都知道他嘴里兜不住事，不说出来憋一晚上第二天脑袋就得鼓包。可这次不一样，无论我们怎么问，关于这份电函的内容赵大就是一个回答："保密。"

我们问他，那接下来的工作怎么办？长沙的据点还需要人员轮班蹲守，屋子里三个人的基本情况也需要挨个核实。徐毅那边倒好说，麦 sir 就在公司，一点风吹草动都能先知道。另一个飞哥只有一个代号，隆哥虽然知道这个人，可人在哪，怎么找，都是接下来要进行的工作。

赵大想了想回答道："正常开展。"

黄哥去长沙盯着那伙诈骗分子，狐狸随时准备接应麦 sir，而我则带人与隆哥一起追查飞哥的下落。

隆哥对我说："飞哥原名叫高飞，有前科，2008 年在江苏被判刑。你们查一下就能找到。"

按照隆哥提供的信息，我联系了在江苏的同学，查到了高飞的判决信息。判决书显示他的户籍地在牡丹江，常住地却是青岛，在江苏被判刑是因为事发时被害公司选择在江苏报警，按照地域管辖原则，高飞被江苏警方抓获并处理。他也参加过绿色兵团，算是网络天才少年了。

查到判决信息后我们又联系到了他曾服刑的监狱。监狱向我们提供了高飞在刑满释放时填写的登记单，上面居住地一栏写的是青岛。因为刑满释放人员需要常住地的社区提供帮扶，出狱后高飞的个人信息和档案也会被送到居住地，所以这条信息应该是准确的,他现在就在青岛。

我问隆哥:"能不能用网络侦查手段对高飞进行调查?"

隆哥摇头表示没有把握,他说:"高飞还在从事违法犯罪活动,之前的教训没能让他改邪归正,那么现在他只会更加小心谨慎,用网络侦查未必有效。"

这时赵大说:"你们得学会转变思路,我记得刑满释放人员每隔一段时间就得去社区报到,可以从这入手。"

除了常住地可以对刑满释放人员进行监管,户籍所在地也有管理权。赵大与牡丹江公安局取得联系,从牡丹江公安局那里要了一套手续,以社区帮扶刑满释放人员为由,让我们拿着手续直接去青岛跟高飞见面。高飞作为一个前科人员对公安机关很敏感,尤其是他现在还在从事违法犯罪活动,本地警方出面的话恐怕他不敢露面,伪装成牡丹江警方以曾经的案件为由来找他才能降低他的警惕性,而且名正言顺接触,高飞也不会多想,只要见到人接下来就好办了。

手续发过来后,赵大安排我去青岛与高飞见面。正当我准备出发时,麦sir那边又传来一个重磅消息。

有一名匿名客户联系到徐毅要求做一份AI换脸视频。公司的正常业务都是由另一名主管负责,找到徐毅的都是私活,所以麦sir第一时间就关注到这个人。这人提供了一张照片,徐毅看过后答复,仅凭一张照片做不出视频,必须有更多素材才行。麦sir找机会将这张照片发给了我们。

第一眼看到这张照片时,我热血翻涌,感觉自己的血压都升高了,照片里的人是之前电脑杀人案的受害者之一高洋。有人找到徐毅让他做高洋的AI换脸视频。

紧跟着麦sir把客户的需求也发了过来,客户的要求不高,视频内容只要有面部眨眼和张嘴的动作即可,不需要包含声音,而且客户把面部3D建模的九个重点部位都标出来了。

这个要求很专业，专业到一下子就暴露了他的目的。

AI换脸技术中最重要的便是3D建模，它直接决定AI换脸的效果，建模时需要根据人物面部特征来选取最富有特点的部位。为了追求真实感，徐毅通常选取的面部点位不会少于六十个。这名客户指定选取九个点位属于不正常的要求，点位太少会使得视频失真，而且这九个部位过于明确，一看便知视频是针对人脸识别系统来做的。

人脸识别系统应用广泛，除了公司员工考勤和酒店入住登记这种场景，在网络上进行大额转账付款时也会用到，可以说是一项很成熟的技术。但人脸识别系统不会从面部变化是否僵硬来判断真假，只会从固定的面部点位来分析。

就像我们经常使用的指纹解锁技术，在录入信息时会采集十几次你的指纹纹路，你每次解锁设备时，系统并不是识别检验整枚指纹是否吻合，而是将当前指纹与之前采集的十几份纹路做对比，只要能匹配上就可以解锁。

联系电脑杀人案和高洋死亡的情况，我们基本可以推断出，这个换脸视频就是在电子加密货币转账过程中用来通过平台审核的。

张嵩慕与于辰以死换取的那笔巨额网络加密货币还在高洋的账户中，高洋也是因为这件事被杀的。网络加密货币交易所要求在进行转账交易时，账户持有者本人必须进行视频验证。林炜他们虽然通过挟持高洋完成了验证，可是最后并没有拿到这笔钱。林炜曾供述他拿到的电子货币字符串缺失，导致他交易失败，时效过期后这笔钱应该又回到了高洋的账户。

现在看来这笔钱应该还在高洋的账户里，字符串缺失的原因是人为的，高洋死了这笔钱就没人能拿到了，不过没想到它把最终的幕后黑手引了出来。

这位匿名客户应该就是我们一直追踪的黑客，是电脑杀人案中的漏网之鱼，除了他再不会有别人知道这笔钱的下落了。他想把高洋账户里的网络加密货币转出来，就需要用高洋的人脸视频来通过平台验证，所以才找到了徐毅。

麦sir通过徐毅的手机找到了这个客户的联系方式，通过IP地址确定他在甘肃省的一家网吧出现过。

狐狸带着人赶了过去，在网吧的监控中发现了黑客的身影。黑客上网登记时用了一张身份证，上面的名字叫张均生。狐狸问网管为什么没核实身份，网管说他核实了，来上网的人与照片上的人长得一样，说完将登记时人脸识别系统拍下的照片打印出来，狐狸一看果然与人口信息网上张均生的照片差不多，虽说不是一模一样，但不仔细看很难看出区别来。

网管的话提醒了我们，黑客在案发后一直销声匿迹，我们只能依靠人脸识别来找他。可现在无论他乘坐交通工具还是住店都会用到身份证，想拿别人的证件糊弄过去很难，他是怎么做到这么长时间没露馅的？

原来他一直在使用身份证，但使用的是另一个人的身份证，身份证上叫张均生的这个人和他长得很像。

狐狸继续追查发现张均生购买过一张从甘肃到青岛的机票。黑客已经去了青岛，狐狸跟着追过去，而赵大亲自带着人去青岛与狐狸会合，另外安排我去调查身份证的来历。

张均生身份证上的户籍地是福建省龙岩市的一个村子，我来到龙岩后没有直接去村里，而是前往镇上的派出所先了解身份证的情况。所长刚从龙岩市里调来不久，对附近的情况不太了解，他把负责那片区域的社区民警老何喊来帮忙。

老何昨晚值班，本来打着哈欠，一听到张均生的名字立刻精神起来，抢先问我："你们有张均生的消息了？"

我说:"没有,我们在追查一个犯罪嫌疑人,他用了张均生的身份证,根据证人供述这个人长得与身份证照片中的人很像,所以我们来查一下张均生的底细。"

老何拿过黑客在甘肃网吧上网登记时拍的照片看了看,一拍大腿兴奋地说:"这是他弟弟,张均彦,你们在哪发现他的?"

这个不经意的回答对我来说却是意外之喜,黑客的身份我们查到现在毫无线索,竟然在这里被轻而易举地解开了。从老何的话语中,我听出他似乎对这俩人很熟悉,急忙追问:"你怎么能确定是他?"

老何没回答,继续问:"你们查的是不是诈骗案?"

我摇摇头答道:"是杀人案。"

老何大吃一惊,说:"杀人?这小子胆子这么大?他在哪杀人了?"

我问:"您能先介绍一下这个人的大致情况吗?"

老何笑了笑说了句不好意思,原来他一直在找这俩人,所以听到消息后,内心的激动不亚于我。所长给老何倒了杯水,老何一饮而尽后开始向我讲述这兄弟俩的故事。

张钧生和张钧彦是亲哥俩,父亲在外面打工意外身亡,母亲拿了一笔钱改嫁,兄弟俩就一直留在农村跟着祖父母生活。哥哥张钧生调皮捣蛋,从初中起就不念书开始下地干活,后来村子里的人都出去打工,张钧生也跟着出去了。弟弟张钧彦学习好,考上了县里的高中,全靠哥哥在外面打工供他读书,最终张钧彦考上了大学。

随着哥哥打工自立,弟弟考上大学,这家人的生活本来应该越来越好,可是张钧生在打工时被人诱导开始做违法犯罪的事情。有外地的公安来到村子找张钧生,可这时他已经好几年没回家了。

后来找张钧生的警察越来越多，全国各地的都有。本来作为社区民警的老何不负责办案，但张钧生是他管辖村子里的村民，所以老何也逐渐接触到一些案件，才知道张钧生一直在进行诈骗活动，而且早已跑到境外去了。

就在张钧生到处被通缉的时期，张钧彦从学校回来了。老何得知后还特意去找他询问关于张钧生的情况。张钧彦告诉老何，他哥哥是被人绑架到境外的，是被迫在境外从事诈骗犯罪的，他要把哥哥救回来。

老何劝张钧彦别擅自行动，先把大学读完。谁知道张钧彦离开后再也没回学校，不知所终了。学校给张钧彦下了一份退学通告，将他的个人物品邮寄回村子。由于他家里没人还是老何去驿站取回来的，在这些物品中老何看到好几个计算机编程比赛的奖杯奖状。

时至今日张钧彦再也没出现，张钧生更是下落不明。老何一直关心着这兄弟俩，所以在得知我们发现张钧彦的行踪后，他比我们还着急。

我把电脑杀人案件的前后经过向老何说了一遍。老何听完惋惜地叹了口气，他说这两兄弟性格完全不同，张钧生犯法他能理解，但张钧彦一直是个好孩子，走上犯罪这条路太可惜了。

终于确定了黑客的身份，电脑杀人案件的最后一个嫌疑人是张钧彦。这一刻我终于看到了破案的一线希望。张钧彦与高飞都在青岛，我和在长沙的黄哥都赶了过去，与赵大他们会合。

赶到青岛后我发现赵大闷闷不乐，有一半人都不在，一问才知道大家伙结伴出门溜达去了。我忙问赵大发生了什么事，赵大还有些纠结，黄哥在一旁说："都到这个时候了，你就都说了吧。"

赵大这才说："之前我没让你们大范围开展工作是因为公安部有统一指示，咱们调查的这伙诈骗分子早就被部里盯上了，现在部里准备开展跨国行动，要把在境外的诈骗分子一起抓获。咱们一直没动作就是等着统一行动。"

我一听心里乐开了花，正愁拿境外的犯罪分子没办法，结果天降神兵，于是问道："那你怎么看着不太高兴？"

赵大说："刚才部里发来行动计划，里面没有咱们的工作。"

"没有咱们的工作？现在为诈骗团伙提供帮助的人的身份都确定了，一个是徐毅，一个是高飞，也知道了黑客叫张钧彦，怎么会没给咱们分配任务？"

赵大说："我把情况都报上去了，可能部里的重点抓捕对象都是境外犯罪分子，境内的抓捕目标只有长沙据点中的三个人，但这个行动由长沙本地公安负责，所以现在没咱们的事了。"

我说："那也不要紧，咱们可以跟着部里统一行动，他们动手时咱们就把这几个人一起抓住。"

赵大无奈地笑了一下，说："行动都没有咱们的份了，我上哪知道部里什么时候动手抓人？咱们肯定不能先动，万一动手早了把部里的大事给搅黄了怎么办？"

我说："可部里一旦动手，把境外那边一锅端，也会惊动咱们这边的人呀。"

赵大回应说："所以说我现在正为这事闹心呢，咱们现在是两头堵。"

怪不得队里的人都出去溜达了，估计他们的心情和我现在一样。这时麦 sir 发来消息，说他发现那位匿名客户正在与徐毅进行通信联系，麦 sir 同时把两人用的通信软件账号发给了我们。

这是一个国外的通信软件，用户间只发送信息的话，设备的 IP 地址会不停跳转，只有实时通信时才会固定。拿到信息后隆哥立刻开始追踪，确定客户的位置在青岛的一家网吧。

黑客出现了，可我们却犹豫起来，如果现在不动手抓这种机会怕是很难再有了。

我突然萌生了一个大胆的想法：现在去抓黑客，然后将他控制起来，不让别人知道他被抓了，同时让他正常使用各类通信工具和外界联系，营造出他仍然在外自由活动的假象，坚持到部里的统一行动结束后就可以了。

可我一个人没法抓捕。我把这个想法说给黄哥听，没想到一向严谨的黄哥也赞同我的看法。他不仅同意，还要和我一起去。黄哥不让我告诉赵大，他说这次是擅自行动，知道的人越少越好，只有我和他去网吧。

类似的抓捕已经历了无数次，也曾独自一人面对过罪犯，可这次站在网吧门口时我却突然心脏猛跳，仿佛有种不祥的预感。但这时顾不了那么多，便和黄哥一起推门进了网吧。

在网吧前台我们查到黑客登记使用的是64号机器，在网吧最里面。我与黄哥一左一右走过去，看到座位上的人戴着耳机目不转睛地盯着屏幕。我突然感觉有些不对劲，黑客来网吧是为了与徐毅联系，用得着这么全神贯注地盯着屏幕吗？一看这人是在玩游戏。但此时黄哥已经靠到他身边了，我也冲过去，两个人一起将这人从座位上提起来然后按到地上。

我用手按住他的脖子说："别动，警察！"

这人吓得全身颤抖，缓缓抬起头。我看到他的脖子上挂了一个手机，手机上的指示灯一闪一闪的，再一看脸我心中一凉，眼前这个人不是那名黑客！

013
网络挖坟：他用死者QQ空间的照片赚了大钱

另一条视频引起了我的注意。视频中的人与黑客一模一样，他在视频里说自己一切都好，让弟弟好好与陈生合作，拿到钱后去国外会合。这段以张均生的人脸合成的视频，是陈生特意用来给黑客看的。这时我们明白黑客为什么与陈生勾搭在一起了。

现在我既理解又惋惜张钧彦想找回哥哥的执念，决定给他一个惊喜。

我一把拽住挂在他脖子上的手机，只见原本亮着的手机屏幕一闪，一下子变黑了。我问道："你拿这个手机在干什么？"

这个年轻人看上去也就二十几岁的样子，瘦巴巴的，被我们按住后一动不动。我问了两遍他才颤巍巍地回答道："有人开了台机器让我帮忙操作一下电脑。"

我追着问："谁？是谁让你坐在这台电脑前的？"

年轻人回应道："我不认识他。我在网吧上网，他说要帮我充会员，让我帮他个忙，坐在这按照他的要求操作就行。"

我指着手机问："他的要求是什么？你刚才在用这手机和他通话？"

年轻人点了点头。

完了，事情被我搞砸了，黑客来到网吧开了电脑后，找了一个人来替他进行操作。现在黑客肯定知道我们来抓他了，一旦黑客把警察盯上他这件事泄露出去，让诈骗团伙警惕起来，影响了部里组织的跨境抓捕，这个责任我们担不起。

关键时刻黄哥先冷静下来，他拿起手机向赵大汇报。我蹲在旁边，听见赵大在电话那头大喊了一声："什么！"

黄哥又把事情重复了一遍，然后将手机拿到我俩中间。

赵大的声音从手机中传来："你……你……老黄啊，老黄，你让我说你什么好？我都说了不能动不能动，你们着什么急呀？这不是添乱吗？"

黄哥说："事情已经发生了，咱们还是想办法解决吧！黑客在网吧出现过，咱们抓紧时间跟着这条线去追。"

赵大没接话，而是问道："现在几点？"

我看了下表回答："五点十分。"

赵大说："八点！八点！你们再忍不到三个小时，咱们就可以一起动手抓人了，部里统一行动就在今晚八点。"

黄哥问："你不是说这次行动没有咱们吗？"

赵大回答："我这不是为了保密嘛。"

我和黄哥对视一眼，此刻悔不当初，但当务之急是避免影响大部队的行动。

我们把在网吧见到的人带回宾馆。这人讲了详细过程，他本来在网吧上网，有人也就是黑客找他帮忙，报酬是给他充三百块钱会员，这个年轻人就在电脑上用黑客的账号与徐毅联系，同时用手机与黑客进行视频通话，然后像翻译员一样，把徐毅说的话转达给黑客，再把黑客的回复传递回去。

这轮交手黑客又棋高一着。

这几个小时我的心一直悬在嗓子眼，战战兢兢，无比煎熬，连口水都喝不下去。一直到晚上十点，赵大接了个电话，长舒一口气告诉我们行动成功，境外那伙诈骗分子都被抓了。然后他瞪了我一眼说："再有下次我饶不了你！"

第二天早上更详细的消息传来，统一抓捕行动中境内据点的人无一漏网，但境外有一个人在行动前逃走。部里推测逃走的人偷渡回国了，将这人的信息发送给案件涉及的各个单位，我们也拿到了这条信息，逃走的人叫陈生！他也正是我们这些天一直在苦苦寻找的人，只不过他没有直接参与电脑杀人案，属于躲在幕后的人！

部里通知，陈生在逃走的时候携带了一份资料，其中有近十万条个人隐私信息。

部里的行动参与人员众多，涉及单位遍布大半个中国，行动范围极大，除了打击诈骗团伙外，下游转移赃款的水房团队，进行洗钱的地下钱庄，都一并被捣毁。赵大早已将我们这起案件的情况上报给部里，部里觉得此案与诈骗团伙有关联，让我们也派人参与审讯。赵大安排黄哥去待了一个星期，最后将境外犯罪分子的供述与我们办理的案件关联起来，终于把这一系列案件的来龙去脉弄清楚了。

电脑杀人案件中那笔巨额赃款就是来源于这个诈骗犯罪团伙。

这个犯罪团伙从事网络诈骗多年，为了逃避追捕，他们把活动地点转移到境外，几个骨干人员开始从自己老家招募老乡和朋友，犯罪团伙靠亲属关系迅速壮大。整个团伙分工明确，有负责给新成员培训，教他们如何诈骗的，有专门提供信息支持，通过各个渠道获取诈骗所需信息的，有专门设计诈骗方案的，根据手头的信息寻找诈骗的切入点，制造条件进行诈骗。

这个犯罪团伙按分工将人员分成不同的小组，每组人各司其职，此外还招揽了一组配套人员，专门提供隐匿赃款和洗钱服务。其中国内的那个诈骗据点就是转移钱款的第一站，然后再由地下钱庄将赃款洗出去，可以说产销一条龙，从一个普通的诈骗团伙变成了一个犯罪产业链。

根据部里抓捕组的人说，这群犯罪分子都住在一栋楼里，整栋楼里设施齐全，不光有食堂超市，还有洗浴中心和赌场，骗子们可以做到足不出户吃喝玩乐。

一直为诈骗团伙提供洗钱服务的地下钱庄今年被公安部门给端掉了，这使得诈骗团伙骗来的赃款都积存在国内。这笔钱只要留在国内，无论他们转账多少次早晚会被查到，只有转移到国外才安全。于是诈骗团伙到处寻找能洗钱的人，不知道通过什么渠道联系上了张嵩慕。

根据被抓获的犯罪分子供述，当时团伙找了不少洗钱的人，张嵩慕只是其中之一。负责与张嵩慕联系的人是林炜，而林炜在团伙中联系的上一级就是陈生。

后来发生的事情就与我们调查的情况差不多了，按照诈骗团伙的计划，在张嵩慕将这笔赃款洗白转到国外后，陈生安排林炜杀人灭口。不过他没想到张嵩慕还有小算盘，摆了他们一道，结果他们把人杀了却没拿到钱。这笔钱的丢失让诈骗团伙很恼火，为此陈生还与团伙中的头目发生了一些冲突。

诈骗团伙成员还供述，陈生的离开似乎与黑客通风报信没关系。陈生早有预谋，走的时候带了一批资料，这些资料是诈骗团伙花重金买来用于筛选受骗人员的。听到这我心里才踏实些。

这个诈骗团伙危害极大，与其他普通诈骗分子不同。他们所有的诈骗行为都有明确的目标，通过购买大量个人信息资料，安排专人分析并挑选出易受骗的人员，有针对性地进行诈骗。

比如购买了炒股群体的信息，接下来就会围绕推荐股票来进行诈骗；如果购买了车友会的信息，就会用免费保养利诱诈骗。他们还会根据网络个人信息进行分析，例如社交头像使用的是小孩照片，这类人肯定是已为人父母，实施诈骗就会围绕孩子的需求来。

听到这里赵大问："这些信息都是从哪买的？卖信息的人抓住了吗？"

黄哥回答："抓住了一部分。卖信息的人使用的都是虚拟身份，有些还没落实，不过咱们现在追踪的高飞就是其中一个。"

赵大继续问："这些人是从哪搞到个人信息的？"

黄哥回答："现在到处都有商家假借办会员有优惠的名义让你填信息，比如买车买房甚至是给孩子报学习班时都会遇到。这些信息都被卖掉了。"

另一名同事说："对，前几天我给孩子报名参加一个比赛，对方让我们填了一堆表格，当时我就想这不是一下子就掌握我们一家的信息了吗？"

赵大看了眼麦sir，说："这种情况没法杜绝，你什么都不做手机还能把你的信息都读取下来呢。"

麦sir点了点头，他已经回到大队。徐毅所在的公司被我们一锅端，张江和邹博都已被抓。可自从黑客发现我之后，徐毅的电话便处于无法接通的状态，这个人再也没来公司，彻底消失了。

黄哥继续说："根据部里调查，诈骗团伙还有一种信息渠道，就是网络挖坟。这类信息内容多，针对性强，之前所用的AI换脸技术诈骗就是依托于网络挖坟。"

赵大问："什么是网络挖坟？"

隆哥说："我之前说过一次，很久以前有人盗取电脑中的个人信息后贩卖，这些信息中很多都是在网上留存多年无人问津的，所以我们把这种行为称作挖坟。"

麦sir补充说："以前个人信息都是储存在电脑中，后来网络发达了，各类云存储例如各类网盘纷纷上线，很多人把信息放在云存储里面，这样使用起来方便快捷。于是就有人专门盗取云存储的数据，有的数据存放了很多年，连上传者本人都忘了，我们就把挖掘这类数据的行为叫作挖坟。"

赵大问："你们不是常说网络更新一天一个样，几年前上传的数据现在还能卖钱？"

麦sir说："这些都是真实的数据，只要对真实数据进行推导就能获取更多信息。比如骗子伪装成教师进行诈骗的那起案件，信息来自一个幼儿学前早教班，挖坟的人通过早教班孩子的信息追踪到了小学，然后冒充小学生家长混入校友圈，拿到了张老师的照片。"

黄哥说:"他们诈骗的关键点是靠信息来取得被害人的信任,卖车的人只能提供车主的信息,公司的人事只能提供员工的信息,这些都有局限性。掌握一个人的信息越多,诈骗成功的可能性才越高,而挖坟得来的信息内容最多。他们一天能骗上百人,其中涉及大额资金的诈骗基本是靠挖坟获取的信息。"

赵大又问:"你去了一个星期,知不知道部里对咱们的案件有什么意见?"

黄哥说:"没有意见。部里这次行动抓了四百多人,犯罪团伙被整个端掉,这已经算是成功侦破团伙诈骗案件了。剩下的这些人都属于边角余料,谁先抓住就算谁的。"

"那咱们得抓紧了!"

赵大说着将写字板拖过来。这张板子不常用,一般为了方便标明多个犯罪分子的关系才会用到,板子上还留着几个月前写的犯罪嫌疑人的名字。赵大拿自己脖子上的毛巾擦了擦板子,然后郑重地在上面写下:

陈生,诈骗分子;张均彦,黑客;徐毅,技术;高飞,挖坟。

赵大用手敲了敲板子说:"两个星期,咱们必须在两个星期之内把这四个人抓回来!"

破案如作战,兵贵神速,现在境外诈骗团伙被一锅端,正是乘胜追击的时刻。陈生偷渡入境,赵大安排人前往边境调查,看看能不能找到他的踪迹。张均彦自从离开网吧后就消失了,我们从基础侦查开始,一点点摸排他的行踪。徐毅在公司工作多年,虽然人消失了但他有一定的社会关系,我们从徐毅身边人入手,紧紧盯住他可能会联系的人。

追捕高飞难度最大。这个人有前科,曾与公安机关交过手,反侦查经验丰富,本身又是网络技术人员，我们更别想从他的优势领域去追查。

我提议："咱们对高飞不了解，想抓他得先了解他的基本情况。"

赵大赞同说："这个人已经被惊动了，咱们也没什么可顾忌的了。老黄你去青岛直接找他的家人谈一谈，星辰你去找他曾经的同案犯，从侧面了解一下这个人。"

高飞被判处有期徒刑时同案犯有六个人，我挨个查了一下，选了一个刑期最短的。同一起案件中被判处刑期短的犯罪人员，要么是涉案不深，犯罪后果不严重，要么就是交代得最好，为公安机关确定证据提供了帮助，总之是好打交道的。

我在杭州见到了这个人，他现在仍在从事网络领域的运营工作，目前干得还不错，走上了改过自新的道路。听到我要找高飞后，他告诉我说自己从出狱后到现在与高飞没有任何联系。

我问："那以你对他的了解，能不能提供一些关于高飞的信息？"

这人想了想，多年不见，他也没法对现在的高飞下一个判定。出狱后他没有与曾经同案中的任何人联系，那起案件是他人生中最黑暗、最悔恨的时光，他早已与那些人划清了界限。

他告诉我高飞喜欢用"大力飞砖"的方法来处理电脑问题。所谓大力飞砖就是用巨量的资源去解决一些麻烦，比如面对防火墙时，有人会选择用伪装手段绕过去，有人会选择欺骗用户主动关闭，而高飞则是直接用数据攻击，使防火墙瘫痪。

这种方法是一种个人习惯。高飞在挖坟的时候也喜欢这样做，即利用海量的资源在整个网络上进行大范围扫描。这种方法消耗资源多，挖掘的成功率也不高，可一旦有所发现，获取到的就是宝藏。

我想起了黄哥参与审讯时从诈骗团伙口中得到的供述：他们从高飞手里买到了一份炒股人员的信息，这些信息是高飞从几年前举办的线上虚拟炒股大赛的服务器里挖出来的，其中不但有参赛者的详细信息，更有他们在比赛时选取股票的具体内容和操作记录。

这些人大部分仍然在炒股。利用这些信息诈骗分子很快伪装成证券工作人员与他们打得火热，再分析他们炒股的习惯进行一些假指导，取得信任后让他们转移到诈骗团伙设计的平台上炒股，最终骗取炒股资金上百万元。

正是因为有详细的情报信息，被害人才深信不疑，而这些信息都是高飞从网络上挖出来的。一个人形成某种习惯后想改变很难，高飞以前习惯用大量的资源来扫描网络，那么现在他仍会这么干。我们一起研究了一下，对网络来说大量的资源就是肉鸡，肉鸡是指被黑客控制的个人电脑，黑客在电脑里植入木马后，电脑就变成了供黑客使用的肉鸡，像高飞这种人手中会有近万台肉鸡电脑，只要找到一台就能找到高飞。这个工作落在隆哥身上。

这时高飞曾经的同犯提醒我们说："高飞喜欢玩游戏，之前我们一起干活时他就喜欢在电脑上挂着游戏界面。肉鸡是需要 24 小时全天开机的电脑，高飞很可能选择游戏工作室的电脑作肉鸡。"

侦查工作全面铺开，各组人马围绕这四名嫌疑人展开工作，这也是刑侦大队为数不多的全队行动。大家都在紧张有序地调查时，我收到了一条短信：

"你们要找的人在洛阳。"

这条短信差点让我把手机给摔了。赵大哈哈笑了两声，接着拳头重重地砸在桌面上，说："这小崽子太狂了，还敢玩这套东西！麦 sir 人呢？快动手！"

麦 sir 很快便查出短信的来源，与之前的一样，也是一个网络虚拟号码。这个号码是三天前申请开通的，发短信的还是同一个人，黑客张均彦。

我想起民警老何的话，他说张均彦是个老实孩子，他有自己的目标，他做的一切包括大学辍学都是为了把哥哥找回来，那么这次的短信也跟这有关。

短信指向河南洛阳，我决定马上前往，赵大说他也去，我们一行人即刻启程。张均彦肯定不是让我们来找他，在洛阳的另有其人。我们两台车不停地换人开，赶了一晚上夜路，在天亮时分到达了洛阳。

车子刚开进市界，我的手机一连收到两条短信，前面一条是"洛阳欢迎您"，后面一条是"人在塔西河边建行门口"。

洛阳市可不小，八百万常住人口。十年前我曾来这里抓过一名罪犯，对这里的道路交通印象颇深，当时我正好将人堵住，否则一旦他跑掉，周围都是四通八达的小路根本没法追。但这次对方所在的位置比较开阔，塔西是郊区，上次来的时候还是一片菜地。

这片地方变化不小，马路变宽了，河沿岸建了一片又一片的住宅，但人并不多，大街上空荡荡的，顺着河边往前看，马路边只有七八个人。

我们沿着河边开，在一个新建小区的一排商铺里发现了建行门头。门口有块空地，只有一个保安站在那，没看到有其他人。

我问赵大："怎么办，等吗？"

黄哥说："不用等了，黑客发的短信都不会有假，人肯定在这。"

赵大说："从你收到短信到现在多久了？"

"半个小时。"

"所有人都下车，把建行附近的车挨个检查一遍，发现车里有人、引擎不热的打个信号。"

建行门口有块空地，停了四台车，我们走过去就看到一台丰田车里坐着人，这人正摆弄手机。黄哥贴到保安身边指着车问停了多久，保安说二十多分钟。我们又在附近转了一圈，只有这台车有人。建行里面有五个人，手里都有排队号码，看起来是办业务的。

赵大当机立断："老黄你们几个找个借口把他控制住带走，剩下的人在银行附近守一会儿。"

我们需要快速抓捕撤离以防万一。我们把车开过去停在那辆丰田车旁边，直接下车拉门把里面坐着的男子拽出来，塞到我们车上关门开走。整个过程一气呵成，全程不到一分钟，这人都没来得及喊出声。

我们把车开远停在路边，亮明身份开始突审。这小子一下子就慌了，支支吾吾半天最后说自己是来买信息的。见状我把张均彦、高飞、陈生、徐毅这四个人的照片拿出来让他辨认，可惜他一个都不认识，他说自己是朋友介绍来的，根本就没见过卖信息的人。

这人叫王帅，今年二十九岁，无业，自称开了一家店铺，主要经营一些网络业务，比如优惠充值等。

黄哥问："介绍你来的那个朋友现在在哪？"

王帅回答："好像被抓起来了。"

这就对路了，我又问："在哪被抓的？"

王帅说："好像在国外，我也是听其他人说的。"

黄哥继续问："你来买什么信息？卖东西的人是谁？"

王帅说："我朋友说有人手里有一些网络资料，这东西挺值钱，倒手就能赚钱，我就来买了。我和卖家在网上约好今天来这交易，他把资料给我，他是谁，叫什么，长什么样，我都不知道。"

黄哥问："让你来你就来？你和你朋友究竟是什么关系？"

王帅答："哎呀，认识好多年了，都很熟悉，不会骗我。"

我问:"钱怎么付?交定金了吗?"

王帅说:"钱早就交了,买这种东西都是先交钱。"

"怎么交的?"

"放在一个地方,他先去取钱,然后再把资料给我。"

能先付钱说明王帅是个老手,还懂得人货分离交易,不知道暗地里倒腾网络资料多少年了,这么信任对方说明两个人关系不一般。王帅被抓后表现得很平静,估计他在得知朋友落网后已经做好了心理准备。

我说:"快点,带我们去取钱的地方。"

王帅没含糊,积极配合把我们带到他放钱的地方——一个小区楼内的消防栓,我们打开一看,钱已经被人拿走了。这个小区刚建成,没多少住户,配套设施都不全,连监控都没通电,这下可有点麻烦。

见状王帅主动说:"警察同志,我有办法找到他,能不能算我立功,将来少判几年?"

我说:"行呀,没问题,你有什么办法?"

王帅说:"我准备的钱都是连号的新钱,如果他去存,自动存款机会对连号钱进行记录。我是为了留个后招,一旦不给货我也有办法。"

我们立刻去银行,按照王帅提供的纸币编号,让银行帮忙追查有没有相应的存款记录。自动存取款机是由银行专门部门负责,经过一番工作后我们查到,十万块钱的连号现钞被人存入了工商银行的一台自动存取款机器中。来存钱的人没有遮挡面部,他没想到我们能靠这个办法找到他,在机器录下的视频中我们清楚地看到这个人的模样,他就是陈生!

经过审讯,王帅老老实实地交代了,他一直从高飞那里买网络资料,然后倒手卖给其他人。这次高飞主动联系王帅说自己有一批资料着急出手,恰好王帅的朋友也说手里有一份倒手就能卖高价的资料。王帅发现这两份资料的截图中有很多相似的地方，似乎是同一份东西，按价格高低，王帅最终选择了朋友那边的资料，拒绝了高飞。

看来诈骗团伙被抓后，其他人开始甩卖手里的资料变现。王帅买的就是陈生从诈骗团伙那里带走的，与高飞要卖的本就是同一份，陈生拿来想变现，而高飞想一鱼两吃，恰好都找到了王帅。

与此同时麦sir和隆哥也发现了高飞的下落。隆哥靠追踪玩游戏使用的挂机软件找到了一批工作室，从他们的电脑上发现了控制软件，确定这批工作室的电脑就是肉鸡，再从数据源传输锁定操作终端，找到了操控肉鸡的电脑，它就在青岛的一间公寓内。

狐狸前往这间公寓侦查，发现没人，从用电量看里面至少有一台大型服务器，应该是高飞为自己设立的机房。这个机房就是他进行网络挖坟的场所，虽然现在无人但高飞肯定要来取走这些数据。

狐狸在门口守株待兔，等着高飞出现。

陈生的存款账户被我们监控了，当他的账户里的十万块钱被转出时，我们第一时间就接到银行通知，收款方是个人账户，账户名叫鲁艺，户主是湖北荆州人，但消费记录的地点都在青岛。我们正犹豫要不要去找鲁艺时，银行告诉我们账户刚刚出现一次消费记录，在明佳网吧消费了二百元，明佳网吧就在狐狸蹲守的公寓楼下。

怪不得狐狸蹲了两天也没见到高飞的人影，这小子根本就不去公寓。

赵大立刻给狐狸打电话："你去网吧把这小子抓住！"

过了会狐狸回电话："人抓住了！是高飞！这小子在网吧上网，直接能控制公寓里的服务器！"

赵大说："你问问他那十万块钱是怎么回事？他认不认识陈生？陈生为什么要给他汇钱？"

过了十多分钟，狐狸拨回电话，赵大开扬声器接起来。我们一起听到狐狸的声音："拿下了！高飞全撂了。"

我问："他怎么说？"

狐狸答："十万块钱是买素材的钱，黑客找到高飞让他帮忙从网络里找高洋的照片，高飞开口要十万块钱，这笔钱是陈生付给他的。"

之前就有客户找徐毅，拿着高洋的照片要求做一份AI换脸视频，但是仅凭一张照片不够，徐毅没接这个活。这次黑客找到高飞，让他用挖坟的方法在网络上找高洋的照片，肯定是为了做AI换脸视频，只有利用高洋的人脸视频才能把网络加密货币从交易所里提取出来。

赵大问："高飞知不知道黑客和陈生在哪？"

狐狸答："这个他不知道，但他愿意配合。他知道徐毅藏在哪，他给素材加后门了。"

后门是黑客在制作软件时加入的一个只有自己知道的系统漏洞，俗称开后门，只有自己能利用这个漏洞获取软件的各种信息。

这帮人之间毫无信任，相互提防，不过这倒是给我们帮了大忙。高飞有前科，知道怎么做才能轻判，除了坦白从宽，提供线索帮忙抓人也是加分项。

赵大问："徐毅在哪？"

狐狸答："还在北连，住在营城子附近的一个民房里。"

赵大立刻安排留在北连的同事去抓人。此时的犯罪分子就像是藏在多米诺骨牌后面，随着一个人被抓打开了突破口，接下来一连串人都相继露出踪迹。

在洛阳这边，二队的狗哥通过车辆信息，查到陈生近期驾驶了一辆面包车，现在车已经不在他藏身的地方了。洛阳警方帮忙调取交警天眼监控，发现车子正在往市外开，我们急忙跟着追上去，最后发现这辆车上了高速路，一路往东而去。

我们在高速路上追上了这辆车，几次超车后确定车里有两个人，开车的是陈生，坐在副驾驶上的是黑客张均彦，四个人终于被我们找齐了。可是面包车在高速飞驰，我们没法动手抓捕，只能一路跟着。

徐毅在民房中被抓，他藏身的地方还有电脑和一台小型服务器，一问才知他刚把高洋的素材做成 AI 换脸视频发给黑客。黑客现在手里有了视频，随时可以将网络加密货币从账户里转出来。我们得在这群违法犯罪分子把钱款转移前抓住他们，否则黑客把钱转出后藏起来，我们很难找到。

这时负责抓捕的同事将徐毅手机中的几条视频都发过来了，我看到高洋的 AI 换脸视频，做得确实很逼真。同时另一条视频引起了我的注意，视频中的人与黑客一模一样，他在视频里说自己一切都好，让弟弟好好与陈生合作，拿到钱后去国外会合。

这些视频都有发送记录，高洋的视频是发给黑客的，而这段是发给陈生的。

这段以张均生的人脸合成的视频，是陈生特意用来给黑客看的。这时我们明白黑客为什么与陈生勾搭在一起了，怪不得他找高飞帮忙挖坟的费用都由陈生来付，原来这都是陈生布置的障眼法。一开始那条短信应该是黑客为举报陈生在建行的交易，特意发给我们的，可陈生用这段视频唬住了黑客，让他以为自己的哥哥还是好好的。

我们抓住了王帅，可是陈生没露面，那时候陈生应该是接到了黑客的通知，拿到钱后跑掉了。

现在我既理解又惋惜张钧彦想找回哥哥的执念。他没有选一条合适的道路，而是走向了极端，他做的这一切都是想利用我们来达成目的。我决定也给他一个惊喜。我们让徐毅把张均生的换脸视频发给了张钧彦。

　　徐毅一共发了五段视频，都是张均生的换脸视频。单独拿出一个来不容易看出破绽，可五个视频放在一起就不一样了，同一个软件做出来的总会有相似的地方，张均彦一下子就能发现他之前看到的哥哥的视频其实都是AI做的。

　　视频发过去了，我们观察到面包车转向下了高速，停在服务区里。我们没敢跟太近，远远地慢慢靠过去。这时面包车的车门突然被推开，黑客捂着脖子从车上跳下来，我们急忙下车冲了过去。

　　面包车再次发动。没等它开起来，我冲过去钻进还没关上门的副驾驶座，看到陈生左手握刀靠着方向盘，正伸右手打算去拉副驾驶的车门，与我撞了个正着。我一把揪住陈生的胳膊把他从座位上拽起来。

　　陈生见状拿刀就要捅过来，这时黄哥将驾驶室的门拉开，在后面一手扯住陈生的胳膊，另一只手扭住他的手腕，将他的刀打了下来。紧接着其他人也赶上来，大家七手八脚将陈生按倒在车上。

后记

黑客张均彦的脖子被陈生划了一刀,不过捡了条命,他向我们供述了事情的经过。

他哥哥张均生一直在诈骗团伙里行骗,张均彦多次劝他哥哥收手。后来张均生说赚到大钱就走,于是张均彦也加入了团伙,他以为赚到大钱就能把哥哥带回来。

张均彦与张均生一直保持联系,两个人用微信交流,但张均生很忙,有时候张均彦发信息很久才会回复。直到有一天张均彦发现哥哥发的朋友圈有问题,这段时间张均生回复信息很慢,有时候第二天才能回复前一天的消息,而且张均生发朋友圈有个习惯,那就是从来不会发自己的照片,一般都是风景美食,或者是他觉得有趣的事情,可这次他放上了自己的照片,这张照片中张均生笑得很勉强,这让张均彦感觉不对劲。

张均彦提出要和张均生见一面,可陈生找各种理由不同意,这让张均彦心里犯了嘀咕。接下来他给张均生发消息时故意使用语音，并且还是方言，可是张均生回复时说的都是普通话，这让张均彦更坚定自己的想法，他的哥哥出事了，至少是被人控制了。

当时张均彦没想那么多，还想靠自己的一身技术把哥哥换出来。没想到陈生一口拒绝，同时提出想让张均生必须用一笔钱来赎，这让张均彦的目标从帮助诈骗团伙变成了要去搞一大笔钱。

所以张均彦才主动要求参与洗钱的工作，加入了谋杀张嵩慕的计划。不过张均彦只想拿钱赎回哥哥，并不想下手杀人，这才发短信通知警察，可惜最后木已成舟。但警察的介入和于辰的小算盘让事情发生变化，诈骗团伙没能拿到那笔钱，这让张均彦觉得拿到这笔钱就能让哥哥回来。

事情发展越来越离谱，为了拿到这笔钱张均彦需要高洋的 AI 换脸视频，于是找到高飞挖掘素材，高飞通过校内网和 QQ 空间这些网络信息最终找到了几张高洋不同时期的照片。高飞开价十万元，可张均彦没那么多钱。这时陈生已经从境外逃回来，他联系上张均彦，先把张均生的 AI 换脸视频给他看，然后又把自己带回来的资料卖掉，用这笔钱买回高洋的素材，这一套操作赢得了张均彦的信任。

张均彦发现视频是假的后立刻提出散伙，陈生打算逼他把网络加密货币交出来，如果不是我们及时追上来，张均彦生死难料。

这起案件彻底办完，我的一本工作日记本也恰好用完。在写完最后一页时我重新把本子拿起来看了看，这本陪伴我三年的笔记本记录了这期间我参加侦办的案件，重新翻开时这些案件似乎历历在目。

我打开工作记录本，看到扉页上写着十六个字：面对现实，无惧困难，心中无畏，勇往直前。这是我刚工作加入重案队时，在第一本工作记录本上写下的座右铭。虽然后来本子换了不少，但每换一个本子我都会把这十六个字抄上去。

我把本子规规矩矩地放进抽屉，摞在其他本子上，拿出来一个新的笔记本，再次在扉页上写下这十六个字。新的一页将会为新的案件留下记录，这是起点但没有终点，刑侦工作永远在路上，唯一不变的只有这十六个字的座右铭。

面对现实，无惧困难，心中无畏，勇往直前。

2024 年 2 月 11 日